DREAMBOOKS★

완전기억자

강형욱 현대판타지 장편소설

MODERN FANTASY STORY & ADVENTURE

7

dream
books
드림북스

완전기억자 7

초판 1쇄 인쇄 / 2015년 8월 20일
초판 1쇄 발행 / 2015년 8월 27일

지은이 / 강형욱

발행인 / 오영배
책임편집 / 편집부
펴낸 곳 / (주)삼양출판사 · 드림북스

주소 / 서울시 강북구 도봉로 173
대표 전화 / 02-980-2112 팩스 / 02-983-0660
편집부 전화 / 02-980-2116 팩스 / 02-983-8201
블로그 / blog.naver.com/dreambookss

등록번호 / 제9-00046호
등록일자 / 1999년 3월 11일

값 8,000원

ISBN 979-11-313-0320-7 (04810) / 979-11-313-0185-2 (세트)

* 지은이와 협의하에 인지는 생략합니다.
* 잘못된 책은 구입한 곳에서 바꾸어 드립니다.

이 도서의 국립중앙도서관 출판시도서목록(CIP)은 서지정보유통지원시스템홈페이지
(http://seoji.nl.go.kr)와 국가자료공동목록시스템(http://www.nl.go.kr/kolisnet)에서
이용하실 수 있습니다. (CIP제어번호: 2015022381)

완전기억자

강형욱 현대판타지 장편소설

MODERN FANTASY STORY & ADVENTURE

7

dream
books
드림북스

목차

Chapter. 01

　역시 소문은 빠르다.

　신임 전략 기획실장이 왔다는 소문은 금세 회사에 파다하게 퍼졌다.

　삼삼오오.

　직원들이 모여 그 이야기를 나누느라 정신이 없었다.

　소문의 시작은 프런트 여직원에서였다.

　"장난 아니었어. 진짜 카리스마 넘치더라니까."

　"정말? 텔레비전에 보는 것하고 비교하면 어때?"

　"말도 마. 실물이 더 나아. 아, 여자친구만 없으면 바로 대시했을 텐데."

"어머, 계집애. 네가 그런다고 넘어오겠니?"

재잘재잘 떠드는 소문은 그녀 주변 사람에게 퍼졌고 또 그 이야기는 인트라넷을 통해 금방 알려졌다.

결국 건형이 회사 엘리베이터를 타고 전략 기획실로 향하는 사이 그가 도착했다는 소문은 회사 전역에 죄다 퍼져 있었다.

그러나 건형은 아랑곳하지 않고 묵묵히 엘리베이터에 서서 앞으로 자신이 해야 할 일을 생각하고 있었다.

태원 그룹 정용후 회장의 부탁을 받아들이기로 한 이상 자신이 해야 할 일은 이 그룹을 원래 자리로 돌려놓는 일이었다.

이미 태원 그룹에 관해서는 지혁의 자료를 바탕으로 어느 정도 파악해 두고 있었다.

그렇지만 겉에서 보는 것과 안에서 보는 것은 다르다.

건형은 안에서 태원 그룹을 속살 하나까지 파헤칠 생각이었다.

"썩은 조직은 어디에나 존재하기 마련이지. 관건은 그 썩은 조직을 어떻게 회생시키냐 하는 것이니까."

건형이 해야 할 일이 바로 그것이었다.

썩은 조직을 되살리는 일.

그렇게 하려면 우선 자신을 도와줄 수 있는 사람을 포섭해야 할 필요가 있었다.

전략 기획실 제2팀장 정지수.

지금 건형이 생각하는 최적의 인물은 바로 그녀였다.

정지수는 기대 반 걱정 반으로 전략 기획실 정문을 쳐다보고 있었다.

이미 인트라넷을 통해 소문이 쫙 퍼진 상태다.

얼마 안 있으면 그가 도착할 터.

다른 사람들이 어떻게 반응할지 그 점이 염려스러웠다.

그가 구조조정 본부를 없애고 새로 생기는 전략 기획실의 실장으로 오게 됐다는 공고문이 붙었을 때 부서 사람들의 반응은 충격과 공포, 이 두 가지로 압축해서 표현할 수 있었다.

그만큼 믿기지 않는 일이었다.

구조조정 본부를 없애는 것도 모자라서 회장의 최측근인 정창수 부회장을 사장단 협의회라는 유명무실한 단체의 부의장으로 삼고 그 자리를 외부에서 영입해 온 인사에게 맡기다니.

그렇다고 그 외부에서 영입해 온 인사가 경영에 잔뼈가 굵었냐고 하면 그것도 아니었다.

새파란 대학생.

리만 가설을 증명하는 논문을 내서 크렐레 저널로부터 인정받고 그 이후 여러 가지 혁신적인 모습을 보이긴 했지만 그것과 경영은 별개의 문제였다.

'할아버지가 무슨 생각으로 저 사람을 앉히신 건지는 모르겠지만 이미 그렇게 된 이상 어쩔 수 없지. 내가 어떻게든 어긋나지 않게 도와야겠어. 후, 전략 기획실이 어떤 곳인지 알까? 경영학은 배운 적도 없다던데.'

게다가 전략 기획실은 그런 것과는 아예 상관이 없는 곳이었다.

전략 기획실은 말 그대로 태원 그룹의 실세라고 볼 수 있다.

전략 기획실의 전신은 구조조정 본부로부터 시작한다.

돈, 사람, 정보를 장악했으며 이 세 가지를 갖고 전략 기획실은 무소불위의 권한을 행사할 수 있다.

그 무소불위의 권한을 휘두르는 건 온전히 하나, 그룹을 위해서다.

이를테면 태원 그룹의 수호신이자 백기사라고 볼 수 있

는 것이다.

실제로 몇 년 전 정용후 회장의 둘째 아들이자 태원전자의 사장이기도 했던 정인호 사장이 불법 자금에 연루됐을 때 그것을 적극적으로 방어했던 게 바로 구조조정 본부였다.

그 당시 구조조정 본부의 본부장이었던 정찬수 부회장은 불법 자금 연루 의혹을 막아 버렸고 그 이후에 또 일어날 잡음까지 깔끔하게 막아 버렸다.

공정거래위원회조차 감히 건들지 못하는 무소불위의 세력이 바로 이곳, 구조조정 본부 지금은 전략 기획실인 셈이다.

물론 현재도 그 정도의 권한을 쥐고 있다고 볼 순 없었다.

왜냐하면 이 구조조정 본부가 돌아갈 수 있던 힘은 돈, 사람, 정보 때문이었다.

개중에서 돈은 여전히 막강하다지만 사람과 정보.

이 두 가지가 현재 결여되어 있다고 봐야 했다.

구조조정 본부가 결딴나며 그때 그룹 머리를 차지하고 있던 대부분의 임원들이 전부 다 사장단 협의회로 빠졌기 때문이다.

전부는 아니지만 일부는 좌천된 것에 정용후 회장한테 불편한 심기를 드러내고 있었다.

그래서일까.

전략 기획실의 일부 팀원들은 정리 해고를 하기 위해 이렇게 일부러 분류를 해 둔 것이 아니냐는 불안감이 곳곳에 퍼져 있는 상태였다.

정용후 회장의 손녀가 전략 기획실에 남아 있다고 하지만 그들은 정용후 회장의 성미를 익히 잘 알고 있었다.

그룹의 명예에 어긋나면 설령 자신의 친아들이라고 해도 가차 없이 내치는 게 바로 그의 성정이었으니까.

그가 자신의 손녀를 각별하게 아낀다고 해도 그룹 일에 있어서만큼은 어떻게 돌변할지 알 수 없는 일이었기 때문이다.

그러한 이유로 건형이 엘리베이터에서 내려 전략 기획실 안으로 들어왔을 때 그 안 분위기는 무척 냉랭하기 이를 데 없었다.

건형은 사무실 안의 분위기를 살폈다.

예상대로 싸늘했다.

외부에서 굴러들어 온 돌 하나 때문에 내부가 파탄이 났다.

어미와 새끼가 뿔뿔이 흩어진 꼴이랄까.

사무실 안으로 발걸음을 들였을 때 건형은 오랜만에 지수의 얼굴을 볼 수 있었다.

그녀는 냉담한 표정으로 건형을 지그시 바라보는 중이었다.

그녀는 눈으로 지금이라도 당장 사표를 썼으면 하는 바람이었다.

그렇지만 건형 입장에서 그럴 수는 없는 노릇이었다.

앞으로 태원 그룹에서 그가 해야 할 일은 무척 많이 남아 있었으니까.

그뿐만 아니라 태원 그룹이 그에게 갖는 의미도 각별했다.

썩을 대로 썩어 빠진 대한민국의 대기업들 중에서 그나마 태원 그룹이 가장 그 형편이 나았기 때문이다.

"오랜만이네요."

건형은 웃으며 지수한테 다가갔다.

지수가 황당한 얼굴로 그를 쳐다봤다.

그가 여기서 자신을 알아보면 자신의 입장이 뭐가 되겠는가.

여태껏 그와 자신은 연관된 게 아무것도 없다고 누누이 주장해 왔는데 이제 와서 그 주장의 신뢰감에 크나큰 타격이 갈 수 있는 문제인 셈이다.

지수가 눈살을 찌푸리며 말했다.

"저는 반갑지 않네요."

"그럴 거 같았어요. 제가 상사로 오게 됐으니까요. 일단 각 파트별 팀장부터 만나 보고 싶네요."

전략 기획실은 모두 세 파트로 나뉘어져 있다.

전략지원팀.

기획홍보팀.

인사지원팀.

이 중 인사지원팀은 그룹에 인력을 공급하는 역할을 하고 있으며 기획홍보팀은 계열사를 포함해 그룹 이미지를 관리하는 업무를 맡는다.

마지막으로 전략지원팀.

이 팀의 업무가 가장 중요한데 그룹의 살림살이를 맡고 있다고 봐도 무방할 정도이다.

또한 전략지원팀은 크게 두 가지 분류로 나뉘는데 경영지원담당과 경영진단담당이다.

경영지원담당팀은 차명 계좌를 이용해서 비자금을 조성, 운용하며 경영진단담당팀은 계열사의 경영 건정성과 관련해서 그 부분을 집중 컨트롤하는 역할을 하고 있다.

개중에서 지수가 속해 있는 팀은 전략지원팀으로 그녀는

전략지원팀 제2팀장이자 경영지원담당팀의 팀장이기도 했다.

즉, 회의실에 모여야 하는 사람은 모두 다섯이다.

전략지원팀의 제1팀장, 제2팀장, 기획홍보팀의 팀장, 그리고 인사지원팀의 팀장.

그렇지만 회의실에 앉아 있는 건 지수가 유일했다.

그녀가 불편한 얼굴로 입을 열었다.

"하루 종일 기다리셔도 그 사람들은 오지 않을 거예요."

"제가 어리기 때문이군요."

핵심을 찌르는 질문.

지수가 고개를 끄덕이며 말을 이었다.

"더군다나 외부에서 오신 분이니까요."

"일종의 힘겨루기 같은 거군요."

"그렇다고 할 수 있죠."

"그분들은 지금 어디에 있을까요?"

"아마 근처 사우나 같은 데 가 계시지 않을까요? 그것도 아니면 호텔에서 여유롭게 쉬고 계시겠죠."

"근무시간에 자리에 없다니. 근무 태만이군요."

그 말에 지수가 눈을 휘둥그레 떴다.

그녀가 자리에서 벌떡 일어나며 물었다.

"설마 그분들을 근무 태만으로 다스리겠다, 뭐 그런 의도는 아니신 거죠?"

"제가 어떻게 저보다 나이 많은 분들을 다스리겠습니까? 안 그래요?"

"그렇죠. 휴, 그래도 상식은 있으신 분이니까 다행이네요. 일단 그분들을 차근차근 구슬려서……."

"가볍게 감봉으로 시작해 봐야죠."

"저기요! 지금 제 말 듣는 거예요?"

지수가 눈에 쌍심지를 켰다.

아무리 생각해 봐도 이 사람은 그룹의 희망이 되기는커녕 불씨나 재앙이 될 공산이 높았다.

할아버지가 무슨 생각으로 이 사람한테 전략 기획실의 실장 자리를 맡긴 것인지 궁금했다.

게다가 사장단 협의회는 또 무엇이고.

실제로 그것 때문에 정찬수 부회장은 단단히 화가 난 상태였다.

가뜩이나 원래부터 정용후 회장과 정찬수 부회장의 사이가 좋지 않은 상황에서 지수는 고래 싸움에 낀 새우처럼 매일 시달리고 있었다.

그들 중 대부분은 자신들의 친척이었는데 정용후 회장이

친아들인 정인호 사장을 대쪽같이 잘라 냈기에 망정이지 그러지 않았다면 진즉에 들고 일어났을 게 분명했다.

"옛날에 이런 속담이 있죠. 눈에는 눈, 이에는 이. 저 역시 똑같이 대접하면 그만입니다. 자, 일단 저는 전략 기획실부터 꼼꼼히 둘러봐야겠네요. 그만 나가서 일 보고 계세요. 있다가 필요하면 부르도록 하겠습니다."

"할아버지, 아니 회장님은 안 만나러 가셔도 되나요? 첫 출근이시잖아요."

"한두 시간 늦는 건 크게 문제 삼지 않으실 겁니다. 일단 제 자리부터 확실하게 파악하는 게 우선이니까요."

건형은 다리를 꼬고 앉아 서류철을 넘기기 시작했다.

어느 정도 파악하고 들어왔지만 태원 그룹의 내부를 자세히 들여다볼 필요가 있었다.

게다가 지금 자신은 무소불위의 권력을 가진 자리에 앉아 있지 않은가.

일인지하 만인지상.

무엇이든 가능한 위치였다.

"그럼 알아서 일 보세요."

차가운 북풍한설이 몰아치듯 지수는 문을 쾅 닫고 밖으로 나왔다.

전략지원팀 2팀 팀원들이 그런 지수를 빤히 바라봤다.

"무슨 일 있어? 왜?"

"아, 아닙니다. 팀장님."

지수는 입술을 깨물었다.

아무래도 분위기가 좋게 넘어갈 것 같지 않았다.

그러는 사이 건형은 다가올 폭풍을 기다리고 있었다.

*　　　*　　　*

두 시간 동안 건형은 사무실 밖으로 일절 나오질 않고 있었다.

자리에 앉아 일에 열중하던 지수는 힐끔힐끔 사무실을 곁눈질했다.

이미 한 차례 할아버지의 비서한테 연락이 왔었다.

그가 출근했냐고.

출근했는데 왜 올라오지도 않냐고.

지수는 솔직하게 사실대로 이야기했다.

할아버지 아니, 정용후 회장은 일 처리가 투명한 걸 가장 좋아하는 분이었으니까.

사실을 들은 할아버지는 너털웃음을 흘리며 알아서 하게

내버려 뒀다.

그런 점은 태어나서 처음 보는 것이었다.

정용후 회장은 그 누구한테도 그렇게 다정한 모습을 보인 적이 없었기 때문이다.

결국 본의 아니게 컬쳐쇼크를 겪은 정지수는 자신의 의자에 앉아 주말에 밀린 일을 처리하는 중이었다.

물론 자신의 동급자인 전략지원팀 제1팀장이 없다 보니까 협업이 될 리 없었고 일은 제자리를 맴돌고 있는 형편이었다.

짜증 지수는 계속해서 쌓이는데 그 짜증을 불러일으킨 당사자는 아무 일 없이 사무실에만 틀어박혀 있으니까 자연스럽게 호기심이 일어날 수밖에 없었다.

도대체 사무실 안에서 뭘 하는지.

그리고 왜 아무 말도 없는 건지.

회장실은 언제쯤 올라갈 건지.

결국 참다 못한 지수가 막내 팀원을 불렀다.

안희영.

입사한 지 올해 3년 차로 국내에서 내로라하는 대학교를 졸업한 최고의 엘리트다.

지수가 각별히 아끼는 팀원으로 평소 붙침성 있는 성격

때문에 남자 직원들한테도 인기가 많았다.

게다가 볼륨감 있는 몸매에 연예인 못지않은 외모까지.

마스크 되고 머리 좋고 성격 좋고 몸매 좋으니 싫어할 남 직원이 있을 리가 없었다.

건형이 오기 전까지는 그룹의 꽃이라고 할 수 있는 구조 조정 본부에 속해 있기도 했었으니까.

"희영아, 네가 직접 들어갔다 와 봐."

"네? 제가요?"

"그래. 그럼 내가 갔다 올까?"

"아, 아니요."

희영이 큰 눈을 껌뻑였다.

"그냥 커피 한 잔 타다 드릴까요? 라고 물어보는 척하면서 뭐 하는지 보고 오라고."

희영이 고개를 끄덕였다.

그러나 그녀 속도 편치 않았다.

상대는 전략 기획실 실장이다.

지수가 정용후 회장이 가장 아끼는 손녀라고 하지만 정용후 회장은 회사 일에 있어서만큼은 예외가 없는 사람이다.

그래도 그녀는 어쩔 수 없이 문을 두드렸다.

자고로 옛말에 회사 생활하면서 가장 조심해야 할 상대는 바로 윗상사라고 했으니까.

"누구시죠?"

희영이 문을 두드리자 안에서 대답이 들려왔다.

희영은 조심스럽게 문을 열고 사무실 안으로 사라져 갔다.

그 모습을 지켜보던 지수는 물론 제2팀 팀원들은 침을 꿀꺽 삼켰다.

무슨 일이 일어날까.

걱정스러웠다.

안희영은 여태 성공 가도를 달려온 엘리트였다.

좋은 고등학교를 졸업하고 국내 최고로 손꼽히는 명문 대학교에 입학했다.

그 후 명문 대학교를 좋은 성적에 졸업하고 국내에서 세 손가락 안에 드는 태원 그룹에 입사했다.

게다가 재능을 인정받아 구조조정 본부에 신입으로 들어오게 됐다.

다른 사람들도 흔치 않은 기회라고 이야기했다.

신입이 그런 곳에 들어가는 것 자체가 쉬운 일이 아니니까.

나중에 입사해서 이유를 알아보니 제2팀 팀장님 역시 이십 대 중반의 젊은 여성이었고 자신처럼 능력 있는 사람을 만나 보고 싶어서 뽑은 것이라고 했다.

그때까지만 해도 희영의 인생은 탄탄한 6차선 고속도로를 달리는 것과 같았다.

문제는 그 이후 벌어졌다.

정인호 사장이 불미스러운 일에 연루되며 자리에서 쫓겨났고 몸이 불편하다고 알려졌던 정용후 회장이 태원 그룹에 복귀한 이후부터였다.

정용후 회장은 더 이상 이런 일이 생겨서는 안 된다고 이야기하며 경영 쇄신을 언급했다.

그 후 그룹이 개편되기 시작했다.

비대했던 구조조정 본부가 없어졌고 구조조정 본부의 핵심 인사들은 사장단 협의회와 전략 기획실, 이렇게 두 개로 나뉘었다.

게다가 전략 기획실의 새로운 실장으로 스물넷밖에 안 되는 젊은 남자가 취임했다.

국내에는 그래도 꽤 명망 있는 사람이었다.

헨리 잭슨 교수와 함께 리만 가설을 증명하는 데 성공했고 그를 통해 크렐레 저널에 논문이 실렸기 때문이다.

그전에는 퀴즈쇼에서 우승해서 20억이 넘는 상금을 수

령한 것으로 잘 알려졌고 그보다는 걸그룹 플뢰르의 메인 보컬 이지현의 남자친구로 가장 유명했다.

그래서일까.

안희영의 표정은 그 어느 때보다 긴장되어 있었다.

어쨌든 지금 태원 그룹의 실세는 바로 그니까.

"저 혹시 뭐 마실 거라도 가져다 드릴까 해서……."

"아, 지금 시간이 얼마나 지났죠?"

"저 두 시간 정도 지났어요."

건형은 시계를 들여다봤다.

오전 11시.

벌써 시간이 꽤 흘렀다.

그동안 정신없이 태원 그룹의 내부 기밀 문서들을 파악하고 있었다.

그래서 시간 가는 줄도 모르고 있었다.

두 시간이나 지난 줄 알았다면 진즉에 일어났을 것이다.

정용후 회장도 만나 봐야 했고 전략 기획실의 다른 팀 사람들도 슬슬 만나 봐야 했을 테니까.

"성함이 어떻게 되시죠?"

"아, 전략 기획실 전략지원팀 제2팀 대리 안희영입니다."

"아, 안 대리님이라고 부르겠습니다. 지금 다른 팀 사람들은 출근했습니까?"

"부서원들은 다 와 계시지만 부서장님들은 안 오셨습니다."

결국 전략지원팀 제2팀장을 빼면 다른 사람들은 코빼기도 내밀지 않고 있다는 이야기다.

그렇다고 여기서 정용후 회장한테 도움을 요청한다면?

파파보이나 다를 게 없다.

온전히 자신의 힘으로 이겨 낼 필요가 있다.

"알겠습니다. 그런데 뭐 마실 거냐고 여쭤 보셨죠? 슬슬 일어나 봐야 할 거 같아서 괜찮겠네요. 정 팀장님한테는 고맙다고 전해 주세요."

자리에서 일어난 건형은 곧장 사무실을 빠져나왔다.

그 뒷모습을 멍하니 쳐다보던 안희영은 재빨리 정지수한테 다가가서 말했다.

"저 팀장님, 실장님께서 고맙다고 전해 달라고 하시던데요?"

지수의 얼굴이 새빨개졌다.

'그냥 내가 들어가 볼걸 그랬나?'

희영이 제자리로 돌아가려 할 때 지수가 그녀를 붙잡으며 물었다.

"실장님은 뭐하고 계셨어?"

"아, 정신없이 서류 보시던데요. 대부분 우리 그룹 내부 문서 같았어요."

"그래?"

아직도 태원 그룹을 파악하는 데 정신이 없는 모양이었다.

'언제쯤 적응하려고 저러는 거지? 천재라고 하지만 이런 그룹을 이끌고 나가는 것도 능수능란하게 해결할 수 있을까?'

그런 의구심이 들 수밖에 없었다.

건형은 엘리베이터를 타고 빌딩 최상층으로 향했다.

"회장님한테 제가 왔다고 이야기 좀 전해 주세요."

"아, 예. 알겠습니다."

데스크에 앉아 있던 여직원이 안으로 전화를 연결했다.

전화를 하면서도 그녀는 힐끔힐끔 건형을 쳐다봤다.

그 유명한 신임 전략 기획실 실장을 여기서 보게 된 것이었다.

"회장님, 밖에 신임 전략 기획실 실장님이 오셨습니다."

딸깍―

"안으로 들어오시랍니다."

"고마워요."

건형은 고개를 살짝 숙여 보인 뒤 회장실 안으로 향했다.

회장실에는 정용후 회장이 푹신한 의자에 몸을 기댄 채 앉아 있었다.

"건강은 어떠십니까?"

"아주 괜찮네. 일단 자리에 앉지."

"예."

"목이 빠져라 기다렸는데 안 오더군. 그렇게 첫날부터 할 일이 많았나?"

"예. 그럴 수밖에요. 태원 그룹의 문제가 뭔지 파악해 보고 있었습니다."

"그래서 문제점은 찾았나?"

"예. 그런데 그 문제가 한둘이 아니라서 꽤 어렵겠더군요. 더군다나 외국인 주주의 비율도 꽤 높은 편이라서 반발도 예상되고요."

"정말 미친 짓을 하려고 하는 게 아닌 이상 웬만하면 자네 손을 들어줄 것이네."

"부회장의 동태는 어떻습니까?"

"자기 팔다리가 잘려 나갔으니 기분이 어떻겠나? 속이

부글부글 끓어오르고 있을 거야. 그러나 어쩔 수 없겠지. 지금은 구부리고 있어야 할 때니까."

"그래도 틈틈이 확인해 두셔야 합니다. 강해찬 국회의원과 손을 잡을 수도 있는 일이니까요."

"그럴 수도 있지. 그러나 찬수는 지금 허울뿐인 사장단 협의회로 쫓겨나지 않았나. 실권이 없는 명예직이다 보니 무엇을 꾸미고 싶어도 그러질 못할 거야. 그보다 회사 일은 어떻게 되어 가는가? 지수한테 슬쩍 물어보니 계속 사무실 안에만 처박혀 있다 하던데 말이야."

"얼추 다 끝내 갑니다. 슬슬 움직여야죠. 일단 그 전에 코빼기도 안 보이는 세 사람을 먼저 찍어 눌러야겠지만요."

"아, 이야기는 들었네. 내가 직접 움직이길 바라진 않을 테지?"

"물론입니다. 이 정도 해결 못 할 거면 굳이 여기 들어오지 않았을 겁니다."

"좋아. 내가 따로 해결해 줘야 할 문제가 있나?"

"없습니다."

"그럼 같이 점심이나 먹는 건 어떤가? 우리 딸아이하고 함께 말이지."

건형은 멋쩍은 얼굴로 그를 쳐다봤다.

다들 그가 냉정하다고 하지만 그의 손녀 사랑은 알아 줘야 할 것 같았다.

정 회장, 정지수 두 사람과 함께 근처 일식집에서 점심을 먹고 온 뒤 건형은 본격적으로 행보에 나섰다.

태원 그룹 내부에 대해서는 어느 정도 파악이 끝났다.

나머지 알려지지 않은 것들은 외부에 있는 지혁이 실시간으로 알려 줄 터.

이제 자신이 할 일은 전략 기획실부터 장악하는 것이었다.

그래도 정지수는 자신한테 호의적으로 나오고 있으니 다른 세 명을 잡는 게 중요했다.

문제는 세 사람 모두 자신보다 그 연배가 훨씬 높다는 것.

그만큼 그들이 갖고 있는 자부심도 대단할 터였다.

그것을 어떻게 컨트롤하느냐.

그게 바로 자신이 해결해야 할 문제였다.

그럴 때 가장 쉬운 방법은?

자신의 능력을 보여서 상대방을 압도시키는 것.

그리고 건형은 팀장이 안 나온 세 팀의 사원들을 불러 그들의 팀장을 불러내게끔 했다.

"팀장님들이 안 나오겠다고 하면 어떻게 해야 할까요?"

"그럴 때는 내버려 두세요. 그만큼 책임을 물으면 되는 일이니까요."

"괜찮을까요?"

"회장님께 이미 허락을 구한 사안입니다. 상관없습니다. 다들 명심해 두세요. 여기 전략 기획실은 그룹의 중추적인 자리입니다. 여러분들이 이 태원 그룹을 이끌어 나가는 것이고요. 그 누구도 두려워할 필요 없습니다."

이제 본격적으로 실력 행사에 나설 차례였다.

*   *   *

그 시각 건형이 찾는 세 사람은 고급 요정에 앉아 술과 안주를 집어 먹으며 여유롭게 대화를 나누고 있었다.

"휴, 회사에서 벗어나 이렇게 밖에 나와 있으니까 살 거 같네."

"그런데 우리 이렇게 안 들어가고 버텨도 되는 걸까?"

기획홍보팀장 강명국이 두 사람을 쳐다보며 혼잣말로 중

얼거렸다.

인사지원팀장 정수원이 호방하게 웃으며 말했다.

"괜찮아. 막내 아버지가 알아서 해 주실 거야."

인사지원팀장 정수원.

그는 태원 그룹 정씨 가문의 일족이다.

또한 정용후 회장의 둘째 동생의 큰아들이기도 하다.

정용후 회장에게는 조카뻘이 되는데 아버지의 후광을 등에 업고 이 자리까지 오를 수 있었다.

물론 본인의 능력도 출중하긴 했다.

게다가 그가 이렇게 자신만만해하는 것은 정용후 회장이한 번도 자신을 호되게 야단친 적이 없었기 때문이다.

또 정찬수 부회장, 그를 믿는 것도 있었다.

사실 그한테 건형을 따돌리라고 지시한 것도 정찬수 부회장이었다.

건형에게 전략 기획실의 전권이 넘어가는 걸 바라지 않았기 때문이다.

그때였다.

세 사람의 휴대폰이 일제히 울리기 시작했다.

각자 어디서 전화가 왔는지 확인해 보니 회사 사무실이었다.

"어떻게 할까?"

전략지원팀장 장태민이 정수원을 쳐다보며 물었다.

"그냥 받지 마. 상관없어."

"그래도…… 회장님께서 아시면 진노하실 텐데."

"걱정하지 마. 큰아버지가 이런 일로 나설 리가 없어. 괜히 자기 체면에 먹칠하는 건데. 내 말만 믿어."

"자네 말을 믿어도 되는 거겠지?"

두 사람 모두 정수원의 말만 믿고 나온 것인 탓에 솔직히 마음 한구석에 불안감이 남아 있었다.

정용후 회장이 돌아오자마자 정인호 사장을 단칼에 쳐내는 모습을 두 눈 똑똑히 봤기 때문이다.

"하여간 이 친구들 겁은 많아서. 내가 걱정하지 말라니까 그러네."

그때였다.

계속해서 울리던 전화가 끊기더니 메시지가 한 통씩 도착했다.

[팀장님, 빨리 들어오세요. 기획실장님이 안 들어오시면 검찰에 자료를 넘기겠다고…….]

세 사람한테 온 문자는 모두 동일했다.

"검찰에 자료를 넘긴다고? 그게 무슨 말이야?"

"글쎄. 뭐 자료를 넘길 게 있나?"

"이거 협박 아니야? 법무팀에 당장 연락해야 하는 거 아니야?"

그때였다.

이번에는 알 수 없는 번호로부터 문자가 도착했다.

처음 문자를 본 장태민이 눈을 휘둥그레 떴다.

"이, 이걸 어떻게……."

몇 년 전 아무도 모르게 살짝 회사 자금을 빼돌린 적이 있다. 은밀하게 처리했고 아무도 모르게 마무리를 지었다고 생각했는데 그때 그 흔적이 또렷하게 남아 있었다.

"미, 미안한데 나 먼저 들어가 보겠네. 저, 정 부회장님한테는 미안하다고 전해 주게."

"이 사람이."

그때 기획홍보팀장 강명국도 사색이 된 채 자리에서 일어났다.

작년 협력 업체와 미팅을 하던 도중 2차까지 간 적이 있었는데 그때 술김에 신용카드를 내밀었던 기록이 선명하게 문자로 도착해 있었다.

"저, 나도 회사에 급한 일이 있어서."

결국 혼자 남은 건 정수원 한 명뿐이었다.

정수원은 한숨을 길게 내쉬었다.

그런 일로 호들갑을 떨다니.

큰일을 도모하기엔 적절하지 않은 자들이었던 모양이었다.

그때였다.

그한테도 문자가 도착했다.

발신자는…….

정용후 회장이었다.

전략 기획실에 전쟁이 났다는 소문은 회사에 파다하게 돌았다.

또 그 승자가 신임 전략 기획실장이라는 것도 금세 알려졌다.

"어떻게 했데?"

"몰라. 문자를 받자마자 뛰어왔다던데?"

"무슨 문자를 받았길래 그래? 무슨 성매매 업소 갔다 온 게 걸렸나?"

"아니면 몰래 뇌물 받아먹고 숨겼다가 들통난 거 아니야?"

"에이, 뭐가 아쉬워서."

그러나 사람의 욕심은 끝이 없고 같은 실수를 반복하는 법이다.

회의실에 두 사람이 도착했다.

먼저 앉아 있던 정지수 제2팀장과 건형은 그들을 쳐다봤다.

둘 다 헐레벌떡 뛰어온 기색이 역력했다.

근처 어딘가에서 술을 마신 듯 술 냄새를 물씬 풍기고 있었다.

"근무시간에 술까지 마시고 다니다니. 진짜 두 사람 모두 제정신이 아니군요."

그래도 자신보다 이십 년 넘게 살아온 사람들이다.

건형은 적당히 존대를 해 주며 말을 덧붙였다.

"회장님께서는 두 분한테 꽤 기대를 하고 있으셨습니다. 그래서 구조조정 본부를 없애고 전략 기획실을 새로 만들 때 두 분을 그 자리에 앉히신 것이고요. 그러나 오늘 이 태도는 실망스럽기 이를 데 없군요."

"죄, 죄송합니다. 실장님. 이건 다 정 팀장이 하자는 대로 한 것뿐입니다."

"맞습니다. 강 팀장 말대로입니다. 우리는 그저 그가 하자는 대로 따랐을 뿐입니다."

"실망이군요. 두 분 모두 태원 그룹의 중추적인 역할을 맡아 보고 계신 분들인데 그런 말을 하신다는 게 말이 됩니까? 그러면 정 팀장이 회사 기밀을 다른 회사에 넘기자고 했으면 그대로 따르셨을 겁니까?"

"그럴 리가요."

두 사람은 펄쩍 뛰며 손사래를 쳤다.

"어쨌든 이 일은 가볍게 넘어갈 수 없네요. 두 분 모두 법무팀과 이야기를 나누게 될 겁니다."

"아니, 이 사람아. 그냥 한때 우리가 실수로 저지른 일을 갖고 법무팀을 만나라 마라 하다니. 그게 무슨 말도 안 되는 소리야."

"이 세상에 탈탈 털어서 먼지 한 톨 안 나오는 양반 없어. 그러지 말고 한 번만, 딱 한 번만 눈 감고 봐주게."

"그럴 수는 없습니다. 회장님한테 전권을 위임받은 이상 제 뜻대로 처리합니다."

결국 참다 못한 두 사람이 자리에서 벌떡 일어났다.

그러나 차마 건형한테 덤벼들진 못했다.

체격 차이, 나이 차이.

그들은 연신 욕지거리를 내뱉으며 전략 기획실을 빠져나갔다.

아까 전 점심을 함께 먹고 온 지수가 그런 건형을 쳐다보며 물었다.

"박 실장님. 이 세상에 깨끗한 사람은 없어요. 누구나 크고 작은 죄를 짓고 살기 마련이에요. 그건 이상론일 수 있어요."

"윗물이 맑아야 아랫물이 맑은 법입니다."

"너무 맑은 물에는 고기가 살지 못하죠."

"저는 성인군자가 아닙니다. 완벽하게 깨끗한 환경을 만들고자 하는 건 아니에요. 어릴 때 실수로 도둑질한 거, 그런 건 이해할 수 있습니다. 문제는 회사와 나라의 곳간을 털고 있는 간 큰 도둑놈들이죠."

"그들을 잡아내겠다는 말씀이신가요?"

"예, 그렇습니다."

"휴, 할아버지 머릿속이 복잡해지시겠네요. 그래도 저 두 사람은 할아버지께서 꽤 신임하시던 분들이거든요. 정찬수 부회장님이 바짝 치고 올라올 때도 라인을 갈아타지 않았던 분들이고요."

"알고 있습니다."

"알고 있는데도 그랬다고요? 적을 늘려서 좋을 게 뭐가 있다고 그러는 거죠?"

"옥석을 가려내기 위해서예요. 어차피 이번에 환부를 제대로 도려낼 필요가 있으니까요. 그리고 그러려면 아예 썩은 싹까지 한 번에 뽑아내야 해요. 혁신적인 그룹으로 바뀌기 위해서도 그렇고요."

정지수가 그 말에 고개를 설레설레 저었다.

"어떻게 그 옥석을 일일이 가려내려고 하는 거죠? 혹시 검찰청에 무슨 인맥이라도 있는 거예요?"

"아뇨. 그런 건 없어요. 대신 저한테는 그보다 더 좋은 사람이 함께하고 있죠."

건형한테는 지혁이 있었다.

그는 지금 집에서 실시간으로 데이터를 검색해서 보내주고 있었다.

세계적인 수준의 컴퓨터 전문가이자 전직 정보부 요원이었던 그에게 불가능은 없으니까.

첫날부터 신임 전략 기획실장은 대형사고를 터트렸다.

그러면서 공백이 생겼다.

기획홍보팀, 인사지원팀, 전략지원팀.

세 팀 모두 결원이 생긴 셈이다.

그러나 그 누구도 섣부르게 나서질 않았다.

그들 모두 알고 있는 것이다.

지금이 바로 폭풍전야라는 것을.

여기서 한 번 발을 잘못 디뎠다가는 낭떠러지로 떨어질 수도 있었다.

정용후 회장이 밀고 있는 신임 전략 기획실장 라인.

정찬수 부회장이 있는 부회장 라인.

물론 태원 그룹의 회장은 정용후고 그가 일선에 복귀하며 막강한 영향력을 휘두르고 있다 하지만 그가 자리를 비우고 있는 동안 정찬수 부회장이 구축한 세력도 만만치 않았다.

굳이 따져 본다면 5:5.

나름 팽팽하게 이루어지고 있는 구도에서 신임 전략 기획실장이 첫날부터 대형폭탄을 터트린 셈이었다.

당연히 그것에 뿔이 난 건 정찬수 부회장이었다.

정찬수 부회장은 혀를 차며 자신의 앞에 고개를 조아리고 있는 세 사람을 쳐다봤다.

전 인사지원팀장 정수원.

전 기획홍보팀장 강명국.

전 전략지원팀장 장태민.

세 사람 모두 꼬리에 불난 개처럼 쫓겨나서 자신한테 온 것이다.

"쯧쯧, 누가 일 처리를 그딴 식으로 하라고 했어? 적당히 기선 제압만 하라고 했잖아. 그리고 멍청하게 당하고 나서 나한테 달려와? 명국이하고 태민이. 두 사람은 형님 라인 아니었나?"

"그, 그럴 리가요. 평소부터 부회장님을 흠모했습니다."

"저도 마찬가지입니다. 부회장님, 살려 주십시오."

정찬수는 혀를 쯧쯧 찼다.

새로 왔다는 그 젊은이가 왜 이 두 사람을 쫓아냈는지 이해가 갔다.

회장 라인인데도 불구하고 이렇게 쫓아낸 건 이 두 사람이 언제든지 라인을 갈아탈 만큼 우유부단했기 때문이다.

적어도 등 뒤를 맡기려면 그만큼 신뢰가 가야 하는데 승냥이처럼 이리저리 왔다 갔다 하길 좋아하니 그 누구라도 신뢰 못 할 게 분명했다.

'그러나 장기판의 졸로는 쓸 수 있겠지.'

정찬수 부회장은 그들을 보며 입을 열었다.

"됐으니까 그만 돌아가 있게. 내가 적당히 손을 쓰도록 할 테니까. 수원이 너는…… 후, 형님한테 언제 한번 회사에 나와 달라고 전해 드려라."

"아, 예. 막내 아버지."

그들이 돌아가고 난 뒤 정찬수는 비서를 불렀다.

"부르셨습니까?"

사내를 보며 정찬수가 입을 열었다.

"시기상조일지도 모르겠지만 미뤄 둘 수는 없겠구나. 과소평가하기보다는 과잉대응하는 게 더 낫다고. 그분을 한번 만나 뵈어야겠다. 그자한테 연락을 넣어 두거라."

"예, 알겠습니다."

정찬수 부회장이 입술을 깨물었다.

여기서 밀려난다면 그 아래는 벼랑이다.

삼십 년 넘게 줄곧 회장 자리를 탐내 왔다.

자신 못지않게 야욕 넘치던 둘째 형은 더 이상 버티지 못하고 홀연히 회사를 떠났다.

이제 남은 건 자신뿐이었다.

게다가 눈엣가시 같던 정인호도 사라졌다.

정용후 회장은 깨끗한 그룹 이미지를 위해 아들을 과감히 내친 거지만 정찬수 부회장이 보기엔 그룹 후계 구도가 단단히 뒤틀린, 아주 좋은 기회였다.

이번에야말로 반드시 그 기회를 붙잡을 필요가 있었다.

그때 비서실장이 다가와서 입을 열었다.

"장형철 보좌관님께서 언제든지 연락 달라고 하셨습니다. 아무 때든 좋다고 하십니다."

"내일. 내일 저녁으로 예약을 잡도록."

이왕 움직이기로 한 것.

서두를 필요가 있었다.

Chapter. 02

건형은 정용후 회장을 다시 독대했다.

정용후 회장은 껄끄러운 표정으로 건형을 쳐다보며 물었다.

"굳이 그렇게 해야 했나?"

"예. 그렇게 할 필요가 있었습니다."

"그들이 누군진 알 거야. 그들은 우리 회사의 중역이자 주주이기도 하네. 그들을 그렇게 쉽게 내쳐도 되겠나? 그러면 당장 부회장 편에 설 거야."

"그렇게 박쥐처럼 왔다 갔다 할 사람들이라면 필요 없지 않습니까? 오히려 등 뒤를 믿고 맡길 수 없을 텐데요. 저는 그들이 없는 게 더 낫다고 판단했습니다."

"후…… 자네 생각을 도저히 짐작할 수가 없군. 그래서 앞으로 어떻게 할 생각인가?"

"기다릴 생각입니다."

"도대체 무엇을 기다리겠다는 건가?"

"피아가 나뉘어질 때까지 기다려야죠. 누가 내 편인지 아니면 저쪽 편인지 누가 중립인지 그것을 구분해야 그 이후에 움직이기가 한결 시원해질 겁니다."

"그것은 어떻게 구별하려고 하나?"

"정찬수 부회장이 오늘 일로 경각심을 가졌다면 당장 일을 꾸미려 할 게 분명합니다. 빠르면 오늘, 늦어도 내일 안에는 움직일 테죠. 그때 그 움직임을 살피면 됩니다."

"내가 감시를 붙이도록 하지."

"예. 저도 겸사겸사 감시를 붙일 겁니다."

"그러면 더할 나위 없이 좋겠군. 그래도 찬수 그 녀석이 태원 그룹을 싫어하는 건 아니네. 다만 그 녀석도 나이가 있다 보니 슬슬 더 높은 자리를 탐내 하는 거겠지. 인간의 욕심은 끝이 없는 법이니까."

"예. 무슨 말씀을 하시는지 잘 알고 있습니다. 그러나 실상을 알게 된다면 회장님께서도 마음을 굳게 먹으셔야 할 겁니다. 아들을 쳐 냈던 그때처럼 말이죠."

"인호, 그 녀석을 쳐 낸 건 금수만도 못한 짓을 저질러서였네. 그러나 찬수가 그런 짓을 벌일 거라고 생각되진 않군."

"만약 이 그룹을 통째로 다른 사람한테 넘기려 한다면 어떻게 하시겠습니까?"

"찬수가?"

"예. 회장님."

"그럴 리 없네. 찬수 그 녀석은 나 이상으로 이 그룹을 아끼고 있는 아이라네."

"머리 검은 짐승은 믿지 말라는 말이 있죠. 어쨌든 내일까지 기다리시면 될 겁니다."

"그러도록 하지."

정용후 회장이 고개를 끄덕였다.

오늘 또는 내일.

무슨 움직임이 있어도 있을 터였다.

이튿날 정찬수 부회장은 회사를 나오는 대신 강남에 있는 한 요정으로 향했다.

보통 사람들은 드나들 엄두도 못 낼 정도로 높은 가격을 받는 고급 요정으로 정·재계의 고위 인사들이 드나드는 곳이다.

또한 이곳은 강해찬 국회의원이 주관하는 모임인 창한회가 종종 열리는 장소이기도 했다.

요정에 도착한 정찬수는 운전기사한테 주차를 맡긴 뒤 안으로 성큼 발걸음을 내디뎠다.

그러자 웬 예쁘장한 이십 대 초반의 여자가 총총걸음으로 다가와서 팔짱을 낀 채 안내를 하기 시작했다.

"정찬수 부회장님 맞으시죠? 의원님께서 각별히 모시라고 하셨습니다. 이쪽으로 오시면 됩니다."

정찬수는 아무 말 없이 그녀와 함께 건물 뒤쪽에 자리 잡은 아담한 별관으로 움직였다.

그 별관 앞에 도착했을 때 삼십 대 초반의 젊은 남자가 두 사람을 가로막아 섰다.

"모셔왔습니다."

"수고했어. 돌아가서 기다리고 있으면 돼. 곧 다른 손님들이 오실 테니까."

"예."

그녀가 떠난 뒤 홀로 남은 정찬수가 상대를 쳐다보며 물었다.

"누구시오?"

"비서는 데려오지 않으셨습니까?"

"누구냐고 묻지 않소."

"우선 제 질문에 먼저 대답해 주시죠."

"그는 회사에 남겨 뒀네. 누군가는 오늘 회사가 어떻게
돌아가는지 알아야 할 테니까."

"잘하셨습니다. 저는 장형철이라고 합니다."

귀에 익은 이름이다.

곰곰이 생각에 잠겨 있던 정찬수가 그를 쳐다보며 물었
다.

"혹시 강 의원님의 보좌관이 자넨가?"

"예, 그렇습니다."

"그렇군. 그러면 이제 안으로 들어가도 되는가?"

"아직입니다. 잠시 몸 검사 좀 하겠습니다."

장형철은 꼼꼼히 정찬수의 옷을 뒤지기 시작했다.

특별히 눈에 띄는 것들이 없자 그는 정찬수를 안으로 들
여보내며 말했다.

"휴대폰은 제가 잠시 보관하도록 하겠습니다. 감청의 우
려가 있습니다."

"그러도록 하게."

정찬수는 그제야 구두를 벗고 별관 안으로 들어설 수 있었다.

별관 안에는 든든한 체구의 경호원들이 빈틈없이 주변을 지키고 서 있었다.

그들을 지나쳐서 문 하나를 열고 또 안으로 들어가자 혼자 앉아 있는 육십 대 후반의 중년인이 눈에 들어왔다.

아직 노인이라고 보기에는 지나칠 정도로 정정한 장한이었다.

"정 부회장, 반갑군. 강해찬일세."

"처음 뵙겠습니다. 정찬수라고 합니다."

비슷한 연배이긴 하지만 정찬수는 깍듯이 고개를 숙였다.

여당 6선 국회의원이자 원내부총무인 그는 엄청난 무게감을 소리 없이 뿜어내고 있었다.

순간적이지만 숨이 막혔을 정도로 그의 기세는 남달랐다.

"소문대로시군요."

"무슨 소문 말인가?"

"의원님을 만나는 사람마다 숨쉬기가 곤란해서 어려웠

다고 하더군요. 혹시나 했는데 그 혹시가 사실이라는 걸 알았습니다."

"일단 여기 앉지."

강해찬은 정찬수한테 바로 옆자리를 권했다.

정찬수가 냉큼 자리에 앉자 강해찬이 부드럽게 미소를 지어 보이며 말했다.

"요새 말썽이 많다더군."

"그렇습니다. 형님이 노망이 나신 건지 웬 이상한 녀석을 전략 기획실장 자리에 앉혀서. 그 때문에 그룹 분위기도 흉흉합니다."

"그럴 테야. 그 녀석은 예전부터 나도 번거롭게 생각하던 녀석이었지."

"예? 아는 사이이십니까?"

"그의 아버지하고 조금 안면이 있는 사이지. 어쨌든 그래서 자네 의중은 어떤가? 이대로 사장단 협의회라는 이름만 번지르르해서 명목만 남은 그곳에 앉아 여생을 보낼 생각인가? 아니면 남자답게 한번 힘겨루기를 해 볼 텐가? 중요한 건 자네 의지일세."

강해찬 의원의 질문에 정찬수는 망설임 없이 확고한 표정으로 대답했다.

"당연히 힘겨루기를 해야 하지 않겠습니까? 형님도 그렇지만 저도 평생을 다 바쳐서 일군 회사입니다. 그 회사를 웬 이상한 놈팡이한테 가져다 바칠 수는 없습니다."

"응? 그렇게 생각하는 이유라도 있나?"

"형님이 근래 마음에 들어 하는 녀석이 있다고 하면서 손녀하고 그 녀석을 연결시켜 주려고 하셨기 때문입니다."

"흐음, 그렇군. 그 손녀의 이름이 무언가?"

"전략 지원팀의 제2팀장 정지수입니다. 형님이 가장 각별히 아끼는 장중보옥이죠."

"괜찮군. 만약 자네가 그러기로 마음먹는다면 내가 자네를 도울 수 있네."

"의원님께서 저를 돕는다면 저야말로 천군만마를 얻은 듯한 기분일 겁니다. 그런데 어떻게 저를 도와주신다는 것인지 그것을 알고 싶습니다."

말만 번지르르한 사람은 필요 없었다.

지금 정찬수가 원하는 건 실질적으로 자신한테 도움을 줄 수 있는 그런 사람이었다.

그때 강해찬이 피식 미소를 지으며 정찬수에게 물었다.

"자네 혹시 정계에서 나를 뭐라고 부르는 줄 아나?"

"예? 잘 모르겠습니다."

강해찬이 웃으며 말했다.

"흔히 나를 불러 킹메이커라고 하지."

킹메이커.

말 그대로 왕을 만드는 사람이다.

자신의 입맛에 맞는 사람을 권좌에 올릴 수 있을 만큼 고도의 정치력을 갖고 있는 정계의 실력자를 일컫는 말.

강해찬의 표정에서는 자신감이 넘쳐흐르고 있었다.

"태원을 갖고 싶은가? 그러면 내게 충성을 받치게. 자네가 갖고 싶어 하는 것을 손에 쥘 수 있게 해 주지."

"……."

정찬수는 떨떠름한 표정으로 그를 쳐다봤다.

그렇지만 상대는 여당의 원내부총무이자 6선 국회의원이다.

그가 갖고 있는 인맥만 해도 수두룩하다.

태원 그룹의 부회장인 자신에 비할 바가 못 된다.

게다가 오랜 시간 정찬수는 정용후의 그늘에 가려 제대로 빛을 보지 못했다.

태원 그룹 하면 떠오르는 이름은 정찬수가 아니라 정용후다.

정찬수는 언제나 그늘에 가린 2인자일 뿐이었다.

그러나 최근 들어 욕심이 생기고 있었다.

권력욕.

2인자는 언제나 2인자일 뿐이다.

결코 1인자로 올라설 수 없다.

그러나 사람들의 기억 속에 남는 건 1인자뿐.

결국 1인자가 되어야 한다.

그러려면 태원을 나와 새로 기업을 차리든가 아니면 1인자를 쫓아내야 한다.

원래 그는 정인호, 그와 함께 회사를 경영해 나갈 생각이었다.

정인호, 그와 정찬수의 관계는 나쁘지 않았으니까.

오히려 좋다고 봐야 했다.

정인호 그 역시 정용후의 독선적인 행동을 싫어했었다.

그런데 정인호가 불미스러운 일에 휘말리며 징역형을 살게 됐다.

그룹 총수라면, 그리고 아버지라면 한 번 더 기회를 줘도 될 법한데.

그런 것도 없었다.

그 때문에 자신도 끈을 잃었다.

게다가 정용후 회장은 웬 정체도 모르는 녀석을 데려다

가 전략 기획실장 자리에 앉혔다.

자신은 사장단 협의회라는 유명무실한 곳의 수장으로 내쫓겨 났다.

사실상 좌천이다.

'어차피 이래 죽으나 저래 죽으나 권력을 쥐고 죽는 게 나을 테지. 강해찬이라면 여당의 넘버원이 아닌가. 차라리 그가 건넨 동아줄을 잡는 게 낫겠지. 형님은…… 이미 나를 버렸다.'

끈 떨어진 연 신세가 되어 버리기 전에 새로운 밧줄을 잡아야 했다.

그 밧줄이 튼튼한 동아줄이든 썩은 동아줄이든 가릴 시기가 아니었다.

찬밥 더운밥 가릴 때가 아니라 살아남으려면 지푸라기라도 붙잡아야만 했다.

그때 여당 원내부총무인 강해찬 국회의원이 그한테 손을 내밀어 온 것이었다.

정찬수가 고개를 조아리며 말했다.

"예, 앞으로 잘 부탁드리겠습니다."

강해찬이 입가에 미소를 그렸다.

모든 게 원하는 대로 이루어지고 있었다.

"좋군. 그러면 자네를 도와줄 사람들을 소개해 주지."

그 말이 끝나기 무섭게 두 사람만 앉아 있던 방 안에 네 사람이 들어왔다.

"아, 아니. 어떻게 여기에……."

"정 부회장, 오랜만이군."

그들이 방 안으로 들어왔다.

그것을 보는 정찬수의 눈이 휘둥그레졌다.

새삼 강해찬의 인맥이 얼마나 대단한지 알 수 있었다.

＊　　＊　　＊

정찬수는 탄성을 감추지 못했다.

'이래서 6선 국회의원이구나.'

강해찬 국회의원이 괜히 6선 국회의원이 아니라는 것을 이제야 실감할 수 있을 것 같았다.

정찬수가 머리를 살짝 숙여 보이며 말했다.

"태원 그룹 정찬수입니다. 여기서 뵙게 될 줄은 몰랐습니다."

"허허, 정 부회장. 오랜만이오. 잘 지내셨소?"

제일 먼저 정찬수를 아는 척한 건 올해 예순셋의 검찰총장 박충석이었다.

"박 총장님. 오랜만입니다. 잘 지내셨죠? 지난번에 연락 드린다는 게 그만 때를 놓치고 말았습니다."

"허허, 괜찮네. 다른 두 분한테도 인사드리게."

정찬수는 이번에도 허리를 꾸벅 숙였다.

두 번째로 들어온 손님은 올해 일흔하나의 국정원장 강 성훈이었다.

그는 원래 국정원 2차장이었던 사내로 전임 국가정보원 장이 대통령 비서실장으로 임명되며 그 자리를 대신 꿰찬 것이다.

"강 원장님. 처음 뵙겠습니다. 정찬수라고 합니다."

"아, 자네가 태원의 부회장이군. 반갑네. 강성훈일세."

"예. 이렇게 인사드리게 돼서 영광입니다."

정찬수는 쩔쩔맬 수밖에 없었다.

이들 모두 대한민국에서 내로라하는 실권자들로 그들 이 거머쥐고 있는 그 파워만 해도 어마어마하다고 할 수 있 다.

그런 3인방이 한자리에 모인 것이다.

강해찬.

그의 초대를 받고 말이다.

세 번째로 방에 들어온 건 정찬수가 가장 마주 보기 어려워하는 사내였다.

"여, 여기서 뵙는군요."

"하하, 이 사람 보게. 그렇게 어려워할 거 없네. 죄지은 사람도 아니면서 뭘 그러나. 강 의원님, 오랜만에 뵙습니다. 요새 한창 세무조사 때문에 바빠서 도통 얼굴 비칠 시간이 되질 못했습니다."

그는 국세청장 임영진으로 올해 쉰셋에 여기서는 가장 젊은 사내였다.

마지막으로 들어선 사람을 제외한다면.

"서로 통성명은 했나?"

"아, 예. 그렇습니다."

"내가 가장 신임하는 수석 보좌관 장형철 군일세. 편하게 장 군이라고 부르면 될 거야. 앞으로 자네를 가장 많이 도와줄 사람이기도 하고."

"아, 잘 부탁하네. 장 군."

"물론입니다. 부회장님."

국가의 권력을 움직이는 건 대통령이다.

그런 대통령에게는 세 개의 다리가 있다.

국세청, 국정원 그리고 검찰청.

이 세 세력은 무조건 자신의 인물을 심어 놔야만 한다.

그래야 정권을 잡기 한결 쉬워지기 때문이다.

거기에 방송통신위원회까지 장악한다면?

그야말로 최고라고 할 수 있다.

어쨌든 그들 세 사람이 모이자 정찬수는 마음 한구석이 든든해졌다.

'어째서 그룹 실세들이 강해찬 밑에 모이는지 이제야 알겠구나. 이렇게 인맥이 휘황찬란한데 되지 않는 일이 있을 리가 없지. 벌써 태원이 내 것이 된 거 같구나.'

왠지 모르게 태원 그룹이 벌써 자신의 손아귀에 들어온 것만 같았다.

정찬수가 앞서 머리를 조아렸다.

"세 분 모두 앞으로 잘 부탁드립니다."

"여부가 있겠나? 당장 내일부터 시작할 거야."

임영진이 입가에 미소를 지으며 말했다.

"예? 무엇을 시작하신다는 말씀이신지……."

"이제 보니 사람이 눈치가 없구먼. 아니면 일부러 모른 척하는 건가? 내일 비정기조사에 들어갈 걸세. 자네 쪽 라인은 건들지 않을 테니까 미리 언질을 두도록 하라고. 알겠나?"

"아, 예, 알겠습니다."

자신보다 일곱 살은 어린 임영진이었지만 정찬수는 그의 눈치를 볼 수밖에 없었다.

제아무리 하늘 높이 있는 대기업이라 한들 국세청 앞에서는 아무 소용없다.

그들이 얼마나 악랄하냐면 먼지 한 톨까지 전부 다 조사해 가는 작자들이다.

어떻게든 서류에 빈틈을 찾아내서 꼬투리를 잡는다. 그리고 그것에 회사 기둥이 뿌리째 흔들린 곳이 한두 군데가 아니다.

딱 한 번.

그게 실패한 적이 있었지만.

게다가 부정부패로 얼룩지기 쉬운 연예 기획사라는 점에서 더욱더 아쉬운 결과였다.

그때 임영진은 속이 얼마나 쓰린지 몇 번이고 술잔을 기울여야 했다.

자신만만하게 추진했던 일인데 아무 소용없이 물거품이 되어 버렸으니까.

그때 실망하던 강해찬의 눈초리란.

다시는 보고 싶지 않은 것이었다.

그런데 또 한 번 기회가 왔다.

태원 그룹에 전략 기획실 실장으로 박건형이 입사했다는 이야기는 그 역시 전해 들은 상태였다.

'이번에야말로 반드시 명예를 회복하고 말겠다.'

임영진은 속으로 그런 생각을 거듭하고 있었다.

소기업에 불과한 레브 엔터테인먼트와 다르게 태원 그룹은 그냥 그룹 그 자체다.

하루 만에 마법을 부릴 수는 없는 노릇이었다.

시간은 언제나 절대적인 법이었으니까.

누구에게는 길게, 누구에게는 짧게 흐르지 않았으니 말이다.

정찬수는 두 시간 정도 그들과 이런저런 이야기를 거듭했다.

그때마다 그들이 꺼낸 이야기는 어떻게 태원 그룹을 요리할지에 관한 것이었다.

'이미 형님과 나는 갈라섰다. 여기에서 형님을 생각한다는 건 쥐가 고양이 생각하는 것과 다를 게 없겠지. 그럴 바에는 깔끔하게 형님이 재계에서 은퇴할 수 있게 돕는 게 나을 것이다. 지수는 적당한 자리에 앉혀 두면 될 테고.'

이미 정찬수는 앞으로 태원 그룹을 어떤 식으로 움직일

지 머릿속으로 계획을 짜고 있었다.

그들이 만들어 낸 계획은 철두철미했고 기업을 운영하는 사람이라면 누구도 빠져나갈 수 없는 개미지옥 같았기 때문이다.

양심의 가책이 없었던 건 아니다.

그러나 이미 엎질러진 물이었다.

엎질러진 물은 다시 담을 수 없다.

어쩔 수 없는 일이었다.

지금 상황에서 자신은 순리를 거스를 수 없는 입장이었다.

그랬다가는 아무것도 갖지 못한 채 이대로 정용후 회장의 그늘 아래 평생을 살아야 할 테니까.

지금이야말로 기회였다.

'형님, 미안합니다. 그러나 저도 살길은 찾아야 했습니다.'

그저 정용후한테 미안해할 뿐이었다.

한편 정용후 회장은 굳어진 얼굴로 회의실에 앉아 있었다.

시간은 저녁 여덟 시.

이미 퇴근하고도 남았을 시간.

그런데도 여기 남아 있는 이유는 하나 때문이었다.

신임 전략 기획실장 박건형이 그에게 남아 달라고 요구를 해 와서였다.

"그래, 박 실장. 무슨 이유로 이 시간까지 남아 달라 한 건가?"

"회장님께 드릴 말씀이 있습니다. 정 팀장도 같이요."

옆에 나란히 앉아 있는 정지수가 고운 아미를 찡그렸다.

누구 한 명 남아 있는 걸 좋아하는 사람은 없다.

"빨리 말해 주세요. 저 원래 오늘 동창회 있었단 말이에요."

"아, 그래요? 저는 다음 주에 열리는데 말이죠. 어쨌든 정찬수 부회장님 관련 일입니다."

정용후 회장이 그 말에 굳어진 얼굴로 다가갔다.

"그래, 어떻게 됐나? 알아봤나?"

"예. 강해찬 의원을 만난 거 같습니다."

"결국 강 의원, 그를 만난 거군."

"맞습니다. 또 그 자리에는 강 의원 말고 다른 사람들도 모였습니다."

"다른 사람들? 그게 누군가?"

정용후 회장의 안색이 어두워졌다.

강해찬 의원을 만난 건 그렇다고 쳐도 다른 사람은 또 누구를 함께 만난 건지 궁금했다.

"그게……."

망설이던 건형이 입을 열었다.

"국정원장, 국세청장 그리고 검찰총장이었습니다."

"허허, 강해찬 의원, 그가 부른 자들이로군."

정용후는 혀를 내둘렀다.

여당 6선 국회의원.

여당 원내부총무.

킹메이커.

강해찬의 수식어는 화려하다.

처음 정계에 입문한 이후 그는 지속적으로 중심에 있었다.

그렇지만 사람들의 스포트라이트는 최대한 피했다.

그 대신 그는 항상 2인자 자리에만 머무르곤 했다.

일부러 자신을 드러내질 않았다.

그렇게 2선, 3선, 4선.

조금씩 정치 기반을 쌓아 가면서 그는 본격적으로 앞선에 나서기 시작했다.

그동안 쌓아 온 인맥을 통해 정계에 자신의 지지 기반을
단단히 구축했다.

그 후 그는 킹메이커가 되었다.

자신이 원하는 지지자를 왕위에 앉혔다.

그 후 그는 여당의 원내부총무가 되어 실질적으로 모든
권력을 좌지우지하게 됐다.

국세청장, 검찰총장, 국정원장 모두 그때의 인연을 바탕
으로 만들어 둔 관계다.

"그가 본격적으로 움직이기 시작했다면 곤란해지겠어.
당장 내일 세무조사를 들어와도 무방하지 않을 거야."

"그래서 지금 그쪽 부분을 검토 중에 있습니다."

"휴, 출근 첫 주부터 고생이 많겠군. 지수가 많이 도와
줄 거야."

"네? 하, 할아버지!"

지수가 두 눈을 휘둥그레 뜨며 정용후 회장을 쳐다봤다.

"몇 번이고 이야기하지 않았더냐. 네가 박 실장을 옆에
서 보좌해 줘야 한다고 말이다."

"……알겠어요."

지수는 하는 수없이 고개를 끄덕일 수밖에 없었다.

그러나 한편으로는 그런 할아버지의 뜻이 이해되지 않는

것도 아니었다.

지금 할아버지는 계속해서 자신과 건형을 엮어 주려 하고 있었으니까.

정용후 회장이 자택으로 돌아간 뒤 두 사람만 회사에 남았다.

정지수가 한숨을 길게 내쉬었다.

이미 전략 기획실 안에는 법무팀과 재무팀이 놔두고 간 서류가 한가득 자리하고 있었다.

"설마 이 많은 자료를 오늘 다 읽어 보겠다는 건 아니겠죠?"

"예전에 한 번 비슷한 일을 해 본 적이 있죠."

"그게 무슨 말이에요?"

"레브 엔터테인먼트도 한 번 세무조사를 당했었죠. 뭐 지금처럼 불시에 당한 건 아니고 어느 정도 시간적인 여유가 있긴 했지만요. 어쨌든 그때 비슷한 일을 한 번 해 봐서 그런가 이번에는 조금 더 여유가 있을 거예요. 대신 정 팀장님이 도와주셔야겠지만요."

"제가 무엇을 도와 드리면 될까요?"

건형이 웃으며 말했다.

"일단 이 서류부터 분류해 줘야겠어요."

"여기 있는 서류를 전부 다 말하는 건 아니겠죠?"

"하하, 미안하지만 전부 다 맞아요. 어떻게 분류할지는 알아서 맡길게요. 그러면 슬슬 작업해 봅시다."

그리고 건형은 곧장 집중해서 파일들을 하나둘 읽어 보기 시작했다.

지수도 정신없이 그것들을 분류하는 데 빠져들었다.

문제는 그것 때문에 건형은 서랍에 둔 휴대폰이 울리는 것을 눈치채지 못하고 있었다.

발신자는 이지현.

이미 부재중 전화가 두 통째를 넘어가고 있었다.

*　　　*　　　*

그렇게 두 사람이 한창 서류를 분류할 무렵이었다.

지수가 고개를 갸웃거렸다.

우우웅― 우우웅―

휴대폰 진동이 어디선가 자꾸 울리고 있어서였다.

고개를 갸웃하던 정지수는 핸드백 안을 뒤져 봤다.

그러나 자신의 휴대폰은 묵묵부답.

아무 연락도 안 온 상태.

괜스레 서운한 감정이 들었다.

'설마 실장님 휴대폰인가?'

주변을 두리번두리번하던 지수는 구석진 의자 위에 아무렇게나 방치되어 있는 건형의 휴대폰을 발견할 수 있었다.

발신인을 확인해 보니 '이지현'으로 되어 있었다.

'이지현이면 실장님 여자친구?'

아무래도 그룹 플뢰르의 메인 보컬인 그 여자친구가 확실해 보였다.

여자친구한테 계속 연락이 오는 중이라고 말할까 말까 고민하던 지수는 이내 고개를 돌렸다.

막상 말하려고 하니 영 그럴 만한 기분이 들지 않았다.

어째서였을까.

자신한테는 연락 하나 온 것 없는데 건형만 누군가 애타게 찾고 있다는 것 때문이었을까.

'그래, 결코 다른 이유에서가 아니야. 그냥 귀찮을 뿐이야. 칫.'

지수는 말없이 서류를 뒤적거리기 시작했다.

그렇게 한 시간이 훌쩍 지날 동안 건형은 움직이지도 않고 제자리에 서서 묵묵히 서류를 정리하며 읽고 있었다.

그런데 그 속도가 얼마나 빠른지 지수 입장에서는 읽지도 않고 넘기는 것처럼 느껴질 정도였다.

　"실장님."

　지수가 건형을 불렀다.

　여전히 휴대폰이 계속해서 울리고 있었다.

　아무래도 이야기를 해야 할 것 같았다.

　양심의 가책을 느끼고 싶진 않았다.

　이미 한 시간 가까이 지나긴 했지만…….

　그러나 얼마나 집중했는지 건형은 대답 없이 묵묵히 서류를 읽는 데 열중하고 있었다.

　결국 지수가 그런 건형의 어깨를 잡아 흔들었다.

　"실장님."

　"아, 정 팀장님. 무슨 일 있습니까?"

　"아까 전부터 계속 전화 오고 있어서요. 알려드려야 할 거 같아서 불렀어요."

　"잠시만요."

　부재중 통화 내역을 확인한 건형이 당황한 얼굴로 말했다.

　지현에게 온 부재중 통화만 해도 벌써 다섯 건을 넘어가고 있었다.

무슨 잔소리를 들을지 벌써부터 걱정이 됐다.

"우리 잠깐만 쉬죠. 커피 좀 마시고. 시간이 얼마나 지난 거죠?"

"음, 서류를 보기 시작한 지 한 시간 약간 더 지났어요."

"휴, 생각했던 것보다 더 집중해서 보고 있었네요. 정팀장님도 여태 분류했던 겁니까? 이러면 안 되겠네요. 약간만 쉬죠"

"네, 언제 그 말 하나 기다리고 있었거든요."

지수가 찌뿌둥한 어깨를 풀기 위해 스트레칭을 할 때 건형은 다급히 사무실 밖으로 나갔다.

"설마 공처가 스타일이신가? 그렇게 보이진 않았는데."

지수는 그런 건형을 보며 혼잣말로 중얼거렸다.

건형은 곧장 지현한테 전화를 연결했다.

얼마 뒤 지현이 전화를 받았다.

그러나 아무 말도 들리질 않았다.

그녀가 단단히 화가 났다는 걸 깨달은 건형이 멋쩍은 목소리로 말을 꺼냈다.

"정말 미안해. 많이 기다렸지. 일부러 그런 게 아니라 태원 그룹 일 관련해서 해결할 게 너무 많았어."

[…….]

여전히 대답은 없었다.

묵묵부답.

"휴, 미안해. 일부러 그런 거 아니야. 아무래도 출근 첫 주다 보니 여러 가지 할 일이 많아서 그랬어."

[알았어요. 오늘이 출근한 지 두 번째 되는 날 아니에요? 근무 환경이 어때요? 매일 야근의 반복이에요? 오빠는 실장이라서 그런 일 없을 거라면서요.]

"아무래도 강해찬 국회의원이 슬슬 움직일 거 같아서 말이야. 그거 막아 낼 준비 하느라고 여러모로 바빴어. 세무조사가 들어올 게 분명하거든. 그것을 빌미로 주주총회를 열거나 아니면 경영권 관련해서 압박할 게 뻔할 테고. 무슨 일이 일어날지 아니까 미리 막아 둬야지."

[그래요? 휴…… 그러면 오늘도 얼굴 못 본다는 거네요?]

"뭐, 그런 셈이지. 이해해 줘."

[됐어요. 오빠하고 할 말 없어요. 흥.]

건형이 멋쩍은 얼굴로 말했다.

"나중에 집에 가서 맛있는 거 해 줄게. 응?"

[정말이죠?]

"응. 내가 언제 거짓말하는 거 봤어? 그보다 너는 지금 어디야?"

[저 지금 지방에 와 있어요.]

"아, 플뢰르 콘서트 있다고 그랬지? 그거 아직도 안 끝난 거야?"

[거의 다 끝나 가요. 언제 끝날지도 알고 있었어요?]

"뭐 대충 짐작해 보니까 이쯤이면 끝날 듯해서. 이번 신곡 반응도 괜찮다던데 너는 어떤 거 같아?"

[아이돌 그룹 대부분 섹시 콘셉트로 나오는 거에 비해 우리는 하고 싶은 노래를 마음껏 할 수 있어서 더 좋은 거 같아요. 그게 다 박 이사님 덕분이겠지만요. 헤헷.]

건형은 그녀가 무슨 말을 하는 건지 알 것 같았다.

자신이 레브 엔터테인먼트에 투자한 이후 레브 엔터테인먼트는 사실 돈 걱정할 일이 없어졌다.

그 덕분에 레브 엔터테인먼트는 다른 아이돌 그룹과는 차별되는 콘셉트를 척척 진행할 수 있었고 그게 시장에서도 차별성을 띄기 시작했다.

섹시 콘셉트를 들고 나오는 걸그룹은 엄청 많았지만 파워풀한 가창력에 아름다운 멜로디 그리고 다른 걸그룹과 대비되는 청순한 모습까지.

그 때문에 오히려 플뢰르는 자신만의 색깔을 갖고 지금 음반 시장에서 매출 톱을 달리고 있었다.

그래서일까

몇몇 걸그룹들 역시 최근 들어 섹시 콘셉트를 버리고 청순 콘셉트로 돌아오고 있었지만 플뢰르를 뒤쫓아오진 못하는 중이었다.

선두 주자가 어째서 중요한지 그 이유를 여실히 보여 주는 부분이라 할 수 있었다.

그 덕분에 플뢰르는 국내를 넘어서서 해외까지 인지도를 높이기 시작했고 최근 들어서는 동남아시아나 중국, 일본 등에서 여러 차례 러브콜이 쏟아지고 있었다.

게다가 지현이 건형과 사귀고 있다는 점.

오히려 그게 시너지를 일으키고 있었다.

쿨하고 당당하게 기자 회견장에서 공개 연애를 밝힌 건 아이돌 중에서도 드문 사례였기 때문이다.

어쨌든 건형은 지현과의 통화를 끊고 난 다음 다시 사무실로 돌아왔다.

지수는 아직 돌아오지 않은 상태였다.

'근처 커피숍이라도 간 건가?'

고개를 절레절레 젓던 건형은 다시 서류를 정리하기 시

작했다.

하루라도 빨리 끝내는 게 중요했다.

시간을 확인해 보니 벌써 저녁 여덟 시가 넘어가고 있었다.

웬만한 회사원들은 다 퇴근했을 시간에도 아직 남아서 일하고 있지만 건형은 전혀 피곤하지 않았다.

오히려 정찬수 부회장이 강해찬 국회의원을 만났다는 게 여러모로 마음에 걸렸다.

'분명 며칠 내로 세무조사가 들어올 거야. 강해찬이 동원할 수 있는 최고의 인맥 중 하나가 국세청장이니까.'

레브 엔터테인먼트에서도 한 번 겪어 본 일이다.

충분히 일어날 수 있었다.

가능성을 0이라고 생각하는 건 위험한 판단이 될 수 있었다.

그로부터 며칠 뒤 국세청에서 불시에 습격을 해 왔다.

원래 태원 그룹은 4년마다 정기적으로 조사를 받지만 지난번 정기 조사를 받고 1년 만에 또다시 특별 조사가 나온 것이었다.

서울지방국세청 조사4국에서 오십여 명이 넘는 세무공

무원들이 태원 그룹 본사를 찾았고 곧장 현장 조사를 벌인 것이다.

조사를 담당한 서울지방국세청 조사4국은 주로 심층(특별) 세무조사를 담당하는 곳으로 태원 그룹 입장에서 벙찌는 일이라고밖에 할 수 없었다.

세무 당국이 어떤 혐의를 두고 조사하는지 알지 못하는 상황이었다.

국세청 관계자에 물어봐도 개별 조사에 관련된 사항은 그 어떤 것도 확인해 줄 수 없다고 이야기할 뿐이었다.

"어떻게 해요, 팀장님?"

전략 지원팀 제2팀에서 너도나도 할 것 없이 정지수를 쳐다보며 물었다.

정기적으로 받는 세무조사와 특별 세무조사는 그 궤를 달리한다.

특별 세무조사는 무언가 건수가 잡혔을 때 하는 일이다.

그 의미인즉슨 국세청에서 어느 정도 태원 그룹을 타겟으로 잡고 움직이고 있다는 이야기와 같다.

결과적으로 세무조사 결론이 어떻게 나오든 태원 그룹은 여러모로 피해를 입을 수밖에 없다.

과징금을 내야 하고 그룹 이미지도 나빠지고 그게 잠잠

하게 묻히면 좋겠지만 이곳저곳 인터넷 기사에서 뻥튀기가 되면?

그때는 걷잡을 수 없어진다.

여하튼 태원 그룹 본사로 나온 국세청 조사4국 직원들은 회계 장부뿐만 아니라 거래처 관계와 금융계좌 추적까지 광범위하게 실시하려는 움직임을 보였다.

이미 재계에는 태원 그룹이 높은 직위에 있는 사람의 심기를 거슬려서 저 꼴이 났다는 이야기가 많았다.

이미 몇몇 경제 신문 같은 곳에서는 이번 사태를 꽤 심도 있게 다루고 있었다.

게다가 보수 측 여론에서 이 일을 집중적으로 파고드는 중이었다.

건형은 왜 보수 여론이 이 일에 눈에 불을 켜고 달려드는지 알 것 같았다.

'강해찬 때문이겠지.'

그는 텔레비전으로 시선을 돌렸다.

"아아, 오늘 이 자리에는 서울대학교 경제학과 이홍준 교수님께서 나와 주셨습니다."

"반갑습니다. 시청자 여러분. 서울대학교 이홍준입니다."

"이번에 국세청에서 태원 그룹을 특별 세무조사한 것으로 이야기가 많던데요. 네티즌들끼리도 태원 그룹이 지금 정부에 찍혀서 그런 거다, 그냥 통상적인 관례일 뿐이다. 이렇게 말이 많더군요. 이홍준 교수님께서는 어떻게 생각하십니까?"

"흠흠, 제 개인적인 생각을 말씀드린다면 통상적으로 세무조사는 4년에서 5년마다 한 번씩 이루어집니다. 그러나 불법적인 일이 연루되어 있다면 국세청에서 특별조사를 종종 하기도 합니다."

"불법적인 일이라고 하셨는데 예를 들어주실 수 있겠습니까?"

"이를테면 자금을 세탁했다거나 탈세를 했거나 그밖에 여러 가지…… 우리들이 흔히 저지르는 부정부패를 저질렀다는 것이겠죠."

"그러나 태원 그룹의 정용후 회장은 자신의 아들이 불미스러운 일에 얽히자 그것을 과감히 쳐 낸 것으로 매스컴을 탔었는데요. 실제로 그 아들은 지금 제대로 된 변호사도 구하지 못해서 징역형을 살고 있고요. 그런 점을 감안해 보면 아직은 모르는 일 아닐까요?"

"하하, 저도 정 회장님이 대단히 용기 있는 결단을 하셨다고 생각합니다. 다만 여기서 관건은 국세청에서 조사 중인 건 지금 정 회장님이 회사에 계실 때가 아니라 그 이전의 일에 관련된 것이라는 거죠."

"그러면 그게 태원 그룹에 무언가 안 좋은 영향을 끼치게 될 것이라고 보십니까?"

"물론입니다. 지금 주가가 하락하는 거 못 보셨습니까? 태원 그룹의 주주들 입장에서 그룹 경영진이 불미스러운 일에 얽힌다는 건 여러모로 좋지 못한 일이거든요. 그런 점에서 볼 때 지금 상황은 태원 그룹에 대단히 안 좋습니다. 기적이라도 일어나지 않는다면 말이죠."

"기적요?"

"예. 태원 그룹이 정말 깨끗한 상태고 죄지은 게 없다면 아무 문제 없이 해결되겠죠. 그러나 일반적인 대기업 중에서 그런 곳이 얼마나 있겠습니까. 안 그렇습니까? 대부분 약간의 부정부패는 저지르기 마련입니다. 다만 그것들 모두 어느 정도 눈감아 주곤 할 뿐이죠. 그러나 특별 조사까지 나섰다는 걸 보면 단단히 각을 잡고 있다는 건데요. 한번 지켜봐야 할 것 같습니다."

"예, 여태까지 서울대학교 경제학과 이홍준 교수님과 함께했습니다."

기적.

그랬다.

이홍준 교수.

그의 말대로 기적이 필요한 순간이었다.

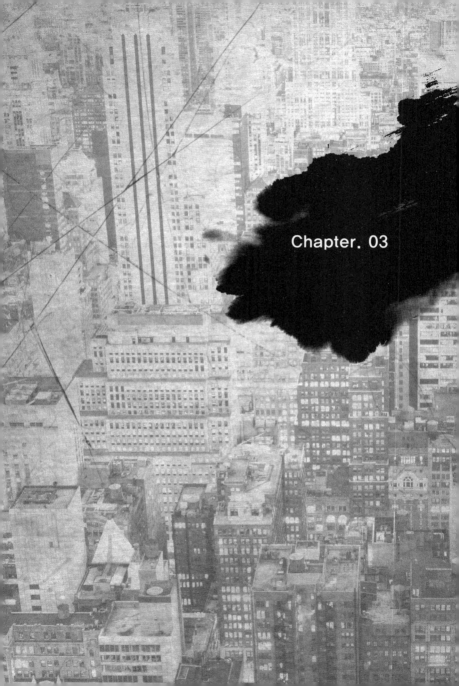

Chapter. 03

지수는 불현듯 잠에서 깼다.

시간을 확인해 보니 오전 여덟 시가 다 되어 가고 있었
다.

"도대체……."

그녀는 주변을 두리번거렸다.

지금 자신이 누워 있는 곳은 전략 기획실 한편에 마련되
어 있는 자그마한 휴게실이었다.

'여기서 밤을 샜나?'

곰곰이 기억을 되짚었다.

어제저녁 이후로 필름이 끊겼다.

'술을 마신 적은 없는 거 같은데⋯⋯.'

지수는 옷매무새를 점검했다.

흐트러진 부분 없이 말짱했다.

그때였다.

건형이 커피를 사 들고 안으로 들어왔다.

"어? 깼어요? 조금 더 자도 되는데. 아직 직원들 출근 안 했거든요."

"아, 저기 실장님. 어떻게 된 거죠? 제가 여기서 잤나요?"

"응? 기억 안 나요? 어제 저하고 밤새 서류 작업 했잖아요. 밀린 일도 마무리 짓고."

"아, 세무조사는 어떻게 됐어요?"

"아직 국세청에서 조사하고 있나 봐요. 그러나 걔네들도 머리 꽤 아플 거예요. 탈탈 털어 봤자 딱히 나올 게 없을 테니까요."

지수는 건형을 바라봤다.

'기적을 만들어 내는 사람.'

이홍준 교수는 그렇게 말했다.

이번 일을 효과적으로 마무리하려면 기적이 필요할 것이라고.

그런데 그는 그 기적을 만들어 냈다.

이번에 세무조사를 대비해서 그와 함께 꽤 밤을 새웠다.

그러면서 서류 정리를 하고 빈 곳을 메우고 또 문제가 될 부분을 없애고 그런 식으로 정신없이 시간을 보내야 했다.

때로는 인력으로 안 되는 일도 있었고 정말 머릿속이 터지는 줄 알았다.

이틀 동안 태원 그룹 모든 회계 장부를 다 들여다보고 정리해야 하는 일이었으니까.

'인간은 할 수 없는 일이었지.'

그러나 그때 건형은 정말 기적 같은 일을 만들어 냈다.

완벽하진 않겠지만 큰일은 피할 수 있게 어느 정도 기반을 마련한 것이다.

정말 믿기지 않는 일이었다.

그 모습을 보며 지수는 왜 건형이 여기서 이 일을 하고 있는지 이해할 수 없었다.

"실장님은 왜 태원 그룹에 입사하신 거죠?"

"무슨 의미예요?"

"실장님 능력이라면 세계에서 가장 부유한 부자가 될 수 있을 거예요. 이미 월스트리트에서 엄청난 재산을 굴린다고 들었고요. 굳이 태원 그룹에 들어와서 이렇게 고생할 이유가 있는지 그게 알고 싶어요."

"하아, 제가 태원 그룹에 들어온 건 다른 목적이 있어서 가 아닙니다. 또, 정인호 사장과 엮이게 된 것도 특별한 목적이 있어서가 아니었고요."

"그러면요? 실장님이 태원 그룹과 엮이면서 모든 게 바뀌었어요. 할아버지와 셋째 할아버지는 서로 반목하고 있고 작은 아버지는 지금 교도소에 갇혀 있어요. 회사 내부도 뒤숭숭하고요."

"원래 제자리로 돌아가려면 잡음이 많이 일어나는 법이죠. 지금 태원 그룹은 그 과정을 겪고 있는 것일 뿐입니다."

"당신의 진짜 목적은 뭐죠?"

건형은 지수를 바라봤다.

자신이 원하는 진짜 목적.

그것은 이 나라를 바꾸는 것이었다.

태원 그룹은 그 시금석이 될 터였다.

어째서 이 나라를 바꾸려고 하냐고?

그것은 아버지가 그에게 물려준 사명 때문이었다.

아버지의 유언.

그것은 건형의 마음에 파란을 만들어 놨다.

건형이 반드시 그것을 해야만 했다.

아버지를 위해서라도.

'불의에 항거하다가 돌아가신 아버지를 생각해서라도 이 일은 반드시 이뤄 내야 돼. 그래야만 해.'

건형은 아버지가 마지막으로 이루고자 했던 것을 이뤄 낼 생각이었다.

모든 사실을 알기 전까지 그는 아버지를 탐탁지 않게 여긴 적이 많았다.

그래서일까.

지금 그는 아버지한테 속죄하는 심정으로 이 일에 매달리고 있었다.

그리고 그 첫 시작점으로 잡은 곳이 바로 태원 그룹이었다.

그래서 건형이 곧장 태원 그룹에 입사했던 것이었다.

"제 목적은 일단 태원 그룹을 제대로 만드는 것입니다. 외부에 흔들리지 않게 그리고 내부를 깨끗하게 하는 것이기도 하고요."

"휴, 전 모르겠어요. 당신이 무슨 생각을 하는 건지."

"저를 믿고 지켜보시면 됩니다. 절대 태원 그룹에 해가 될 행동은 하지 않을 테니까요."

지수는 긴가민가하는 표정으로 건형을 바라봤다가 이내 고개를 저었다.

지금 상황에서 자신이 할 수 있는 일은 그를 믿는 것뿐이었다.

예전이었다면 냉담하게 그를 대했을 테지만 이번에 그가 만들어 낸 기적을 보며 지수는 그를 믿기로 마음먹은 상태였다.

서울지방국세청 조사4국은 태원 그룹에서 압수해 온 모든 자료들을 꼼꼼히 분류한 뒤 그것들을 살펴보고 있었다.

못해도 한두 시간 안에는 불법에 연루되어 있는 자료들이 나올 만했다.

대기업들이 비리나 부정부패와 얽혀 있는 건 비일비재한 일이었고 그것은 태원 그룹도 예외가 아니었기 때문이다.

이번에 정인호 사장이 대형 연예 기획사들로부터 스폰을 받고 그 연예 기획사들을 밀어 주다가 뒷덜미가 잡혀서 징역형을 살게 된 게 대표적인 예라고 볼 수 있었다.

그렇지만 이번 상황은 그다지 좋게 흘러가지 않는 중이었다.

"저 팀장님. 이거 파일이 좀 이상한데요?"

"왜? 무슨 문제 있어?"

"문제가 있으면 당연히 좋죠. 건수가 생긴 건데. 근데 문제가 없어요. 너무 깨끗해요."

"그럴 리가 없잖아. 다시 한 번 체크해 봐."

"아무래도 이거 뭔가 뒤가 구린데요. 우리가 오기 전에 미리 한바탕 다 뒤집어엎은 거 같아요. 아무것도 나오질 않는데요?"

"얌마, 정기 조사도 아니고 특별 조사로 간 건데 어떻게 걔네가 숨기겠어. 한두 개 하는 것도 아니고 그 많은 것들을 말이야. 너네가 못 찾고 있는 거겠지."

"팀장님. 이거 분위기가 영 심상치 않습니다. 아무래도 예전에 그 레브 엔터테인먼트였나? 거기 덮쳤을 때하고 느낌이 비슷해요."

"그러고 보니 그 레브 엔터테인먼트 이사였던 박건형, 그 사람 말이에요. 그 리만 가설인가 증명한 사람. 그 사람이 태원 그룹에 입사하지 않았어요?"

"낙하산이다 뭐다 해서 말 많았던 걸로 기억하는데. 맞죠?"

서울지방국세청 조사4국 팀장 조윤국이 얼굴을 구겼다.

"그러니까 너네 말은 걔가 이 두 곳에 모두 얽혀 있으니까 이번에도 무슨 수를 쓴 거다?"

"그렇지 않고서야 이렇게 깨끗할 리가 없잖아요. 안 그래요?"

"이 새끼들이. 정신이 빠져 가지고. 너네들 오늘 건수 잡기 전까지는 무조건 야근이야. 알겠어? 내가 그때 청장님한테 불려 가서 얼마나 깨졌는지 알아? 응? 이번에 또 그러면 국물도 없을 줄 알아."

조윤국이 길길이 날뛰며 소리를 질렀다.

한 번 실패는 병가지상사라고 한다.

그렇지만 두 번째는?

얄짤 없다.

국세청장 임영진이 새파랗게 눈을 뜨고 지켜보고 있는데 꼬투리 하나 못 잡아낸다는 건 말이 안 되는 일이었다.

'이 새끼들아, 제발 뭐 하나만 찾자. 응? 안 그러면 나는 물론 너네들도 목 날아가게 생겼다.'

조윤국은 입술이 타들어 간다고 생각했다.

그 정도로 긴장이 됐다.

두 번의 실패를 겪을 수는 없었다.

무언가 찾아내야만 했다.

쾅!

강해찬이 붉어진 얼굴로 책상을 골프채로 내려찍었다.

골프채가 휘어지고 고급 원목으로 만든 책상이 움푹 파일만큼 그는 지금 단단히 화가 난 상태였다.

아까 전 국세청장 임영진이 연락을 해 왔는데 태원 그룹 관련 자료를 모두 다 뒤져 봤지만 별다른 건수를 잡지 못했다는 이야기 때문이었다.

도리어 정찬수 부회장과 정인호 사장 그리고 그를 따르는 임원들이 해 먹은 것만 왕창 나왔다는 말에 얼굴을 붉힐 수밖에 없었다.

"후우, 후우."

강해찬이 어깨를 들썩였다.

"무능력한 자 같으니라고."

거칠게 숨을 내쉬며 호흡을 가다듬던 그때 장형철이 안으로 들어왔다.

"의원님, 찾으셨습…… 무언가 일이 잘 안 풀린 모양이군요."

"임영진. 그 쓸모없는 녀석 같으니라고. 아무것도 찾아내지 못했다더군. 아무것도 말이야."

"그럴 거 같았습니다."

"뭐라고?"

"상대는 박건형입니다. 해외에서도 예의 주시하는 사내죠. 그가 무언가 수를 쓸 것이라고 생각하긴 했지만 정말 놀랍습니다."

"이 상황에서 적을 칭찬할 때인가? 그렇게 여유를 부리다가는 우리 둘 다 무너질 수 있어."

"죄송합니다."

"그 녀석이 호시탐탐 내 목덜미를 물어뜯으려고 하고 있어. 대책을 세워야 할 거 아니야. 대책을!"

"지금 박건형은 태원 그룹 일로 무척 바쁜 상황입니다. 이때 언론을 갖고 한번 흔들어 보시죠."

"언론을? 언론 플레이를 하자는 말인가?"

"예. 그렇습니다. 때마침 박건형의 여자친구는 아이돌 아닙니까? 살짝 흠집만 내면 알아서 소란이 일어날 겁니다. 그러면 박건형도 여기저기 정신이 팔려 헤매게 될 것이고 그때 태원 그룹을 집어삼키시면 될 겁니다."

강해찬의 표정이 밝아졌다.

언론 플레이는 또 그의 장점 중 하나이기도 하다.

"정찬수, 그한테 주기엔 아깝긴 하지. 집안싸움을 구경하다가 임자 없는 땅에 먼저 깃발을 꽂으면 되긴 하지. 그래서 방법은 마련해 뒀나?"

"예. 이미 몇 군데 언론사에 연락을 해 뒀습니다. 금을 가게 하는 건 쉽지만 그 금 간 것을 다시 때우는 건 어려운 법이죠."

"좋아. 자네한테 일임하지. 그보다 박건형 말이야. 태원 그룹에 낙하산으로 들어갔다던데. 그것도 어떻게 같이 엮을 수 없을까?"

"그것도 염두에 두고 있습니다. 가뜩이나 청년 실업이 많은 와중에 낙하산으로 자리를 차지했다고 과대포장을 하면 반발이 꽤 크게 일어날 겁니다."

"좋아. 그렇게 하자고."

강해찬이 부드러운 표정으로 고개를 끄덕여 보였다.

"예. 그럼 곧 실행에 옮기겠습니다."

자리를 빠져나온 장형철은 곧장 휴대폰을 꺼내 연락을 취했다.

"아, 예. 저 장형철입니다. 조만간 주주총회를 한번 열어 주셨으면 합니다."

[내가 말이오?]

"예. 의원님께서 부탁하셨습니다. 한 번만 도와주시죠, 선생님."

[크흠, 생각해 보리다.]

뚜우—

전화가 끊겼다.

장형철이 입술을 깨물었다.

지금 그가 전화를 건 것은 태원 그룹의 대주주 중 한 곳이자 영국계 헤지펀드의 대표였다.

"젠장. 그만 도와준다면 모든 게 끝나는 일일 텐데……."

장형철이 입술을 깨물었다.

박건형의 파멸까지.

이제 시간은 얼마 남지 않은 상태였다.

*　　　*　　　*

한편 장형철이 무슨 일을 꾸미는지 알지 못하는 건형은 태원 그룹을 지속적으로 변화시키고자 노력하고 있었다.

우선 그는 사람들부터 새롭게 뽑았다. 능력 있고 열정이 넘치는 사람들을 전략 기획실에 새로 뽑았고 그들에게 태원 그룹의 일을 맡겼다.

그러는 한편 앞으로 태원 그룹이 나아가야 할 방향을 새롭게 짜기 시작했다.

처음부터 모든 일이 완벽하게 돌아간 건 아니었다.

당연히 어려운 일도 있었고 주변의 반대도 있었다.

그렇지만 건형은 그럴 때마다 과감하게 일을 진행시켰다.

주변 계열사를 통합하거나 또는 없애면서 태원 그룹을 탄력 있는 그룹으로 변화시켰고 점점 더 경쟁력 있게 만들어갔다.

그때마다 놀란 건 정지수였다.

확실히 건형은 남들보다 훨씬 더 비상하고 빠르게 움직이고 있었다.

게다가 그가 하는 건 항상 틀린 게 없었다.

모든 걸 제때제때 완벽하게 처리하는 듯한 느낌이었다.

'정말 대단한 사람이야.'

지수는 어째서 할아버지가 그한테 전권을 위임했는지 알 것 같았다.

자신이라도 그랬을 것 같았다.

그러나 호사다마라고 했던가.

좋은 일 뒤에는 언제나 나쁜 일이 뒤따른다고.

문제가 터졌다.

그 시작은 한 중소 신문으로부터였다.

"실장님, 이거 보셨습니까?"

집에 들렀다가 아침 일찍 회사에 나온 건형은 새로 뽑은 전략 기획실 직원이 건네는 조간신문을 받아 들었다.

그 신문 1면에는 태원 그룹의 낙하산, 그 실체를 밝히다. 라는 자극적인 제목의 기사가 실려 있었다.

건형이 피식 웃으며 입을 열었다.

"지금 이거 내 기사가 실린 거 맞죠?"

"정황상 그렇게 봐야 하지 않을까요?"

부하 직원이 머리를 긁적이며 대답했다.

"괜찮아요. 일단 알려 줘서 고마워요."

사무실로 들어온 건형은 곧장 지혁에게 전화를 걸었다.

"형, 건국일보에 실린 1면 기사 봤어요?"

[어? 잠시만. 확인 좀 해 보고.]

잠시 뒤 지혁이 대답했다.

[야, 이거 너 기사 아니냐?]

"맞는 거 같아요. 태원 그룹의 낙하산, 그 실체를 밝히다. 제목도 제대로 자극적이게 뽑았네요."

[어차피 아니면 말고가 얘네들 트렌드니까. 그냥 물고 늘어지는 거지. 정 아니면 사과하고 정정보도 내면 그만이고.

그때 피해자가 어떤 꼴이 되든 신경 쓰지 않지. 너도 알잖아.]

"그러게요. 그래서 일단 대책이 필요해요. 지금 태원 그룹의 이미지를 새롭게 바꿔야 할 필요가 있어요. 정용후 회장이 자기 아들을 내치면서 좋은 이미지를 쌓긴 했지만 여전히 우리나라에 대기업은 부정적인 이미지가 많은 편이잖아요. 저는 그 편견을 깨고 싶어요. 그런데 이렇게 언론 플레이가 들어오기 시작하면 시작부터 꼬일 수밖에 없어요."

[내가 뭘 해 주길 바라냐?]

"여기 해킹해서 막을 수 있을까요? 아니면 정정보도를 내게 한다던가요."

[그건 어려워. 어차피 최종적인 결재는 위쪽에서 이루어질 텐데 그것을 막아 버리면 물거품이 되는 거니까.]

"그러면 이대로 속수무책으로 당할 수는 없어요."

[음, 생각 좀 해 보자. 다른 곳을 통해 이 보도를 바로잡는 건 어때?]

"개싸움은 해 봤자 서로 흙탕물이 되기 십상이에요."

[일단 나도 대책 좀 마련해 보마. 그동안 너도 어떤 식으로든 생각해 봐. 너 머리 좋잖아.]

전화를 끊은 뒤 건형은 생각에 잠겼다.

이 상황을 어떻게 풀어낼지 고민 중이었다.

그때 또다시 연락이 왔다.

이번에는 지현이었다.

"어, 무슨 일이야?"

[오빠, 신문 봤어요? 오빠에 대해 안 좋은 기사가 실렸어요.]

"응, 알고 있어. 걱정하지 않아도 돼. 금방 해결할 테니까."

[어떻게 해결하려고요?]

"그건 지금 고민 중이야."

그때 지현이 조심스럽게 입을 열었다.

[차라리 정공법으로 나가는 건 어때요?]

"정공법?"

[네. 오빠가 저하고 공개 연애한다고 밝혔을 때에도 그랬잖아요. 저들이 먼저 터트리기 전에 내가 밝혀서 괜히 쓸데없는 루머 돌아다니는 거 막게 하겠다고요. 이번에도 그렇게 하면 되지 않을까요?]

"이미 터진 일인데? 아, 잠깐만. 지현아, 고맙다. 나중에 통화하자."

건형은 꽤 괜찮은 방법을 생각해 낼 수 있었다.

어차피 저들이 이야기하는 건 건형은 아직 대학생이고

그런데도 불구하고 정용후 회장과의 인맥 덕분에 태원 그룹에 낙하산으로 꽂혀졌다는 것이었다.

그렇다면 그것을 반박하면 그만이다.

그러나 건형한테는 MBA자격증이 있는 것도 아니고 그렇다고 전문 경영인인 것도 아니었다.

'하지만 한 가지 더 남아 있는 게 있지.'

아직 국내 많은 사람들은 모르지만 웬만한 해외 투자자들은 아는 사실.

그것을 공개해 버린다면 크게 문제 될 일은 없을 터였다.

겸사겸사 건형이 태원 그룹의 대주주인 것도 밝힌다면?

이 일이 크게 불거지진 않을 게 틀림없었다.

한길수는 태양신문의 경제부 차장으로 최근 들어 괜찮은 이슈가 없다 보니 여러모로 전전긍긍하고 있었다.

'무언가 필요해. 빅 이슈가. 젠장, 건국일보에서는 하나 터트렸는데. 복돌이 이 자식. 살판났겠군.'

건국일보는 태양신문과 이래저래 경쟁하는 업체다.

그리고 한길수가 복돌이라고 부르는 윤복중은 그 건국일보의 경제부 차장이기도 하다.

한때 자신도 건국일보에서 일했고 그때 돈독한 친구 사

이였지만 지금은 원수지간이나 다름없다.

어쨌든 무언가 뾰족한 방법이 필요했다.

아무래도 온라인이나 오프라인으로 신문을 구독하는 독자들의 입맛을 잡아끌려면 조금 더 자극적인 무언가가 필요한데 그게 부족했기 때문이다.

어차피 남들 다 떠들어 대는 국내 주가 변동을 함께 떠들어 봤자 메리트가 없는 건 사실이었다.

그때 때마침 건국일보에서 경제란에 태원 그룹의 낙하산, 그 실체를 밝히다. 라는 기사가 뜨자 회사가 발칵 뒤집힌 건 어쩔 수 없는 일이었다.

이미 건국일보에서는 먹이를 문 사자처럼 냉큼 달려들었고 오프라인에서도 꽤 파급력이 만만치 않게 일어나고 있었다.

아무래도 사회적으로 금수저나 은수저에 대한 비판여론이 가득한 가운데 톱가수 아이돌의 남자친구가 태원 그룹의 전략 기획실 실장이 됐다는 이야기는 여러모로 구설수에 오를 수밖에 없었다.

게다가 아직 이십 대 중반밖에 되지 않은 청년이었으니까.

그로 인해 정용후 회장과 정찬수 부회장이 케케묵은 신

경전을 벌이고 있고 그룹이 내부적으로 흔들렸으며 급기야 조사4국으로부터 세무조사까지 받게 됐다는 건 결정적인 것이었다.

"어휴, 내가 이런 특종을 잡았어야 하는 건데 말이야. 복돌이한테 그걸 빼앗기다니."

한길수는 혀를 찼다.

책상머리에 앉아 있는 기자들을 돌아봤지만 누구 하나 말문을 여는 사람은 없었다.

"쯧쯧, 여기서 백날 앉아 봤자 특종이 나오는 줄 알아? 지금 당장 태원 그룹 찾아가서 그 전략 기획실장 인터뷰라도 따오든가!"

"인터뷰를 하려고 하겠어요? 괜히 불난 집에 부채질하는 꼴일 텐데요."

한 기자가 반박하고 나섰다.

한길수가 눈살을 찌푸리며 말했다.

"그게 기자가 할 말이야? 일단 되는 데까지 밀어붙여야지. 엉?"

그때였다.

구석진 곳에 앉아 있는 왜소해 보이는 사내가 조심스럽게 손을 들었다.

"너는 또 무슨 일인데 그래?"

"방금 전에 태원 그룹 쪽에 전화를 걸었는데 인터뷰하러 오라는데요? 차장님."

"뭐라고? 그게 정말이야? 그쪽에서 먼저 인터뷰를 하러 오라고 요청했다고?"

"예. 어떻게 하죠?"

"뭘 어떻게 해. 내가 직접 갈 테니까 너하고 너, 둘 쫓아와. 빨리. 단독으로 내보낼 거면 서둘러야 할 거 아니야!"

한길수는 다급히 움직였다.

오랜 시간 현장에서 쌓인 촉이 이야기하고 있었다.

이것은 분명히 대박이 터질 것이라고.

건형은 고개를 설레설레 저었다.

장형철.

아직 제대로 만난 적은 없지만 한번 붙잡아 놓고 무슨 수를 쓰는 건지 그 실체를 낱낱이 파헤쳐 보고 싶은 심정이었다.

그만큼 그는 교활하고 또 영리한 사내였다.

"후."

한숨을 길게 내쉴 때였다.

인터폰이 울렸다.

[실장님, 태양일보에서 기자분들이 오셨습니다.]

"예, 알았어요. 들어오라고 하세요."

잠시 뒤 한길수를 비롯한 세 명의 기자가 안으로 들어왔다.

한길수는 의자에 앉아 있는 건형을 쳐다보며 헛기침을 흘렸다.

이십 대 중반의 젊은 나이, 훤칠한 키와 잘생긴 외모 게다가 이 나이에 전략 기획실장이라는 주요한 위치에 앉아 있을 만큼 뛰어난 능력과 인맥까지.

'다시 태어난다면 이 사람으로 태어나고 싶구나.'

건형은 누구나 그런 생각을 하게 할 만큼 정말 매력적인 사내였다.

"일단 자리에 앉으시죠."

"아. 예. 저희만 온 겁니까?"

"예. 일단은 그렇습니다."

"걱정하지 마시죠. 제가 바로 단독으로 뽑아서 올릴 겁니다. 요즘은 인터넷이 발달해서 금방 올라갑니다. 그 대신 단독으로 보낼 수 있게 해 주십시오."

"그것은 한 차장님 능력에 따라 달려 있겠죠."

"저, 저를 아십니까?"

건형이 입가에 미소를 그렸다.

사실 그는 태양일보에서 온다고 하기 전 미리 태양일보 홈페이지를 통해 신문사 모든 사람들의 데이터베이스를 머릿속에 입력해 둔 상태였다.

누가 누군지는 확실히 알고 있었다.

게다가 그들을 여기 들여보낸 건 이들이 믿을 만하다고 판단해서였다.

적어도 정부나 강해찬 국회의원과는 접점이 없었고 또 외부에서 압력을 받을 만큼 호락호락한 곳도 아니었기 때문이다.

'이들이라면 장형철이 어떻게 손을 쓸 수 없을 거야.'

그게 바로 건형이 노리는 바였다.

"자, 그럼 시작하죠."

한길수가 웃으며 입을 열었다.

그 말에 옆에 있던 기자 두 명이 노트북을 꺼내서 타이핑을 할 준비를 시작했다.

잠시 길게 숨을 내쉰 건형은 차분한 어조로 말을 꺼냈다.

"갓핸드라고 들어보신 적 있습니까?"

두두둥—

그들이 눈을 휘둥그레 떴다.

갓핸드.

그 이름을 모르는 사람은 없다.

설마?

"예, 제가 갓핸드입니다."

그 말이 끝나기 무섭게 충격과 공포가 이 안을 가득 메우고 있었다.

* * *

한길수가 너털웃음을 흘리며 말했다.

"하하, 농담도 잘하십니다. 당신이 정말 갓핸드라고요? 말도 안 됩니다. 그가 동양인이라는 이야기도 있긴 했지만…… 실장님, 우리 바쁩니다. 그런데 여기까지 불러내서 이런 해괴망측한 거짓말을 하려고 하신 겁니까?"

"그럴 리가요. 그보다 저는 갓핸드가 국내에도 꽤 잘 알려져 있다고 생각했는데요. 아닙니까?"

"아닙니다. 주주명부를 통해 확인해 봤지만 본명이 알려져 있질 않아서요. 가명으로 처리가 되었더군요. 한국인이라는 소문도 있긴 했지만 아무래도 미국계 한국인이 아닐까 생각합니다."

"교포로 생각하신다는 말씀이시군요."

"그렇습니다. 그런데 실장님이 갓핸드라고요?"

"예, 제가 바로 그 갓핸드이자 마이더스의 손입니다."

단호한 확신이 깃든 어조다.

"휴, 농담도 적당껏 해야……."

솔직히 말하면 믿기지 않는 일이었다.

그가 갓핸드라니.

그래도 확인해 보고 싶은 게 사람 심정이다.

'증거가 있을까?'

설령 증거가 없다 해도 갓핸드가 한국인, 그것도 태원 그룹의 실장이라는 건 정말 특종이다.

특종 중의 특종.

어차피 건형이 자신 말을 보증할 테니까 사기당할 염려도 없다.

지금 바로 기사화하면?

그 파급력이 장난 아닐 것이다.

한길수는 고개를 절레절레 저었다.

'미친! 이건 말도 안 되는 대박 사건이야! 갓핸드가 한국인이었다니!'

갓핸드.

그가 써 내려간 신화는 정말 놀라움, 그 자체였다.

그래서 몇몇 사람들은 그를 슈퍼컴퓨터라고 했고 몇몇 사람들은 그를 외계인이라고 불렀을 정도였다.

실제로 그가 태풍의 흐름을 통해 육류의 가격을 예측했을 때에는 다들 기절초풍했을 만큼 그의 가명은 전 세계에 널리 알려져 있었다.

그런데 그 갓핸드가 그 누구도 아닌 박건형, 그라니.

한길수가 떨리는 목소리로 물었다.

"저…… 박건형 씨. 제가 이것을 신문에 실어도 되겠습니까?"

"물론입니다. 그러려고 인터뷰를 하자고 한 거니까요. 건국일보에서 저를 겨냥해서 낙하산 출신이 태원 그룹에 입사했다는 기사를 내보냈을 때 정말 기분이 불쾌하더군요. 그래서 기회를 마련하고자 했던 겁니다."

"정말 당신이 갓핸드, 마이더스의 손이 맞습니까? 혹시 증거 같은 거 없으십니까?"

그래도 마음 한구석이 찜찜했다.

사기당해서 보도했다가 신문의 신뢰성을 잃게 되면?

소 잃고 외양간 고치는 셈이다.

그럴 바에는 확실한 증거를 보여 달라고 주장하는 게 나았다.

갓핸드 그리고 그가 손을 댔던 주식은 모두 대박을 냈다고 해서 붙여진 또다른 별명, 마이더스의 손.

실제로 월스트리트에서는 그의 주식 매매기법이 커다란 화제가 되었을 만큼 그는 월가의 중심에 서 있는 사람이었다.

"여기 보시죠."

의심 많은 한길수 기자를 위해 건형이 휴대폰을 내밀었다.

지혁이 직접 커스터마이징한 휴대폰으로 그 어떤 외부적인 공격에 절대적으로 방어가 가능한 세계 최고의 휴대폰이라고 할 수 있다.

휴대폰을 켠 건형은 자신의 계좌를 보여 줬다.

미국에 개설해 둔 계좌로 그 계좌에는 천문학적인 달러가 보관되어 있었다.

이 모든 돈은 그가 주식 거래를 통해 벌어둔 것으로 건형은 이 돈을 쓰지 않고 있었다.

왜냐하면 어차피 주식이라는 것은 누군가의 손해를 자신의 이익으로 만든 것이기 때문이었다.

건형은 가급적 사사로운 이익을 위해서 돈을 쓰지 않기로 마음먹었고 이 돈 역시 더 많은 사람들에게 베풀기 위해 모아 두고 있었다.

그런데 그 돈이 어느새 모이다 보니 천문학적인 금액이 되어 버린 셈이었다.

한길수는 다시 한 번 휴대폰을 확인했다.

믿기지 않는 일이었다.

그러나 그는 갓핸드가 분명했다.

"하하, 정말 갓핸드가 맞으시군요. 놀랍습니다. 정말 대박이군요. 인터뷰 좀 해도 될까요?"

"그럼 부탁드리겠습니다."

그 뒤 건형은 한길수와 조금 더 시간을 들여 인터뷰를 나눴고 한길수는 후배 기자 두 명과 함께 기분 좋은 얼굴로 태원 그룹을 떠날 수 있었다.

그들이 떠나는 모습을 보며 지수가 의아한 얼굴로 물었다.

"일은 잘 해결된 건가요?"

"네, 그런 편이죠."

"저분들은 왜 이렇게 표정이 밝죠? 단순히 인터뷰 따낸 것치고는 너무 밝은데요."

"특종을 줬기 때문이죠."

"특종이요?"

그때였다.

회사로 돌아가는 사이 기사를 올린 건지 태양일보에서 단독 보도로 낸 기사가 삽시간에 메인 화면에 떴다.

그리고 실시간 검색어에 마이더스의 손, 갓핸드, 박건형 등이 뜨기 시작했다.

"이게 도대체…… 어떻게 된 거죠?"

"그 기사 그대로예요."

건형이 멋쩍게 웃어 보였다.

기사에는 「황금의 손, 갓핸드, 그는 누구인가?」라는 제목으로 대문을 바로 차지하고 있었다.

건국일보에서 올린 기사는 온 데 간 데 이미 사라지고 없어진 상태였다.

"형이죠?"

[응? 내가 뭘?]

"형이 검색어 순위 조작한 거 맞죠?"

[뭐, 그냥 그럭저럭. 이왕 퍼질 거면 빠르게 퍼지게 하는

게 나으니까. 그보다 너는 골치 아파졌네.]

"네? 왜요?"

[아니, 네 친척들 말이야. 네가 그때 그 퀴즈쇼 나가서 우승 상금 차지했을 때만 해도 난리법석이었는데 지금은 어떻겠냐?]

"괜찮아요. 두 번 다시 우리 집에 올 일은 없을 테니까요."

[뭐라고 했냐?]

"예. 우리 아버지가 돌아가셨을 때 눈 하나 깜짝 안 하던 사람들이에요. 이제 와서 제가 그들한테 잘해 줄 이유는 전혀 없죠."

차가운 건형 말에 지혁이 씁쓸한 얼굴로 말했다.

[건형아, 그건 다시 생각했으면 한다. 사람은 누구나 이기적이긴 해. 그러나 또 나눌 때는 나눌 줄 아는 게 사람이지. 나중에 베풀어 두면 그만큼 돌아오게 되어 있다. 문전박대는 하지 말아라. 뭐, 형수님이라면 어련히 알아서 잘하시겠지만.]

"저는 아직 납득할 수 없네요."

[그래. 억지로 납득할 필요는 없지. 그보다 건국일보 일은 완전히 묻힌 거지?]

"예. 문제는 그들이 앞으로 어떻게 나오느냐 하는 거겠지만요."

그러는 동안 장형철은 이미 이 상황을 어느 정도 예측하고 있었다.

건형이 마이더스의 손이자 갓핸드인 건 그 역시 알고 있었다. 그리고 건형이 이렇게 나올 거라고 예측 중이었다.

그렇지만 그에게는 숨겨진 패가 하나 있었다.

미리 연락을 취해 뒀던 영국계 헤지펀드의 대표이사.

그를 움직이기만 한다면 태원 그룹을 뿌리째 흔들리게 만들 수 있었다.

외국인 대주주들이 움직이기 시작한다면?

외국인들이 꽤 많은 주식 지분을 보유하고 있는 우리나라 대기업 특성상 태원 그룹도 여지없이 휘둘릴 가능성이 충분했기 때문이다.

이것이야말로 장형철이 숨겨 둔 비장의 무기라고 할 수 있었다.

더군다나 영국계 헤지펀드의 대표이사인 그는 아주 오래전부터 강해찬 국회의원과 친밀하게 정을 쌓아 온 사이였다.

그가 나서기로 한 이상 태원 그룹이 골머리를 썩힐 일은 없게 될 터였다.

더 나아가서 태원 그룹의 회장인 정용후도.

이제 그들을 전부 다 운영진에서 내쫓게 된다면?

그 자리를 정찬수 부회장 또는 다른 제3자를 앉힐 생각이었다.

계속해서 반기를 드는 정용후 회장보다는 다루기 쉬운 제3의 인물이 훨씬 더 편했으니까.

'그분이 나서서 이제 이 일을 마무리 지으면 되겠군.'

조만간 자신을 따르는 주주들을 이끌고 주주총회 개최 건의안을 제출할 것이라고 했다.

장형철이 지금 당장 기다리는 건 바로 그것이었다.

그런데 그한테 붙여 둔 부하의 연락이 뜸해졌다.

지금쯤이면 한창 다른 주주들을 만나려고 움직여야 할 시기인데 그런 기미가 없었다.

그때였다.

연락이 왔다.

장형철이 그한테 붙여 둔 부하였다.

"너 도대체 뭐하는 거야? 그는 어디 갔어?"

[지금 저 태원 그룹 앞입니다.]

"뭐라고? 태원 그룹? 거기는 무슨 일로 간 거야!"

[아무래도 누군가를 만나려고 하나 봅니다.]

"뭐라고? 누구를 만나려고 한다고? 일단 막아. 접선하지 못하게 막앗!"

장형철이 다급히 소리쳤다.

그러나 그는 이미 엘리베이터를 타고 올라가 버린 뒤였다.

어느 정도 일을 마무리 지은 뒤 한숨을 돌리고 있던 건형은 뜻밖의 사람을 마주해야만 했다.

자신을 찾아온 건 영국계 헤지펀드 알버트의 대표이사 알버트 폴슨이었다.

"반갑군. 자네가 그 낙하산 인사로 유명하다는 박건형, 미스터 팍이군. 맞나?"

"처음 뵙겠습니다. 미스터 폴슨. 어쩐 일로 이곳까지 오셨습니까? 미리 연락을 주셨으면 제가 마중을 나갔을 겁니다."

유창한 영국식 영어로 이야기하는 모습에 그가 활짝 미소를 지었다.

"하하, 다른 게 아니라 몇 가지 궁금한 게 있어서 말이네. 잠깐 이야기 좀 나눌 수 있을까?"

"물론입니다."

알버트 폴슨과 박건형이 사무실 안으로 들어가자 그 모습을 보던 정지수가 머리를 감싸 쥐었다.

실시간으로 터지는 이 엄청난 사건에 도저히 적응이 되질 않고 있어서였다.

"미스터 폴슨. 이제 말씀하시죠."

건형은 그를 바라봤다.

처음 그를 만나는 거지만 이야기는 많이 들었다.

영국계 헤지펀드 알버트의 대표이사.

알버트는 아시아나 동유럽 같은 경제 기반이 취약한 국가를 대상으로 기업 또는 부동산에 투자해서 막대한 투자 이익을 거두는 사모펀드로 알버트는 태원 그룹에 투자한 사모펀드 중 한 곳이었다.

실제로 알버트는 정인호 사장이 부임하고 정용후 회장이 병을 핑계로 칩거한 이래 곤두박질쳤던 태원 그룹의 주식을 대거 매입해서 그 주식에 힘입어 막강한 영향력을 행사하곤 했었다.

대표적으로 그가 요구했던 게 정용후 회장의 일선 복귀, 정인호 사장의 사퇴, 그룹의 경영 투명화 등으로 부패한 태원 그룹을 지켜볼 수 없다는 의지에서였다.

그러나 그것은 국내 대기업의 약점을 쥐고 흔든 것으로 자식에게 경영권을 넘겨 주는 습성을 지닌 국내 대기업은 필연적으로 경영권 방어를 위해 자사주를 매입하고 지분을 확보할 필요성이 있었다.

그러면 그때 이런 사모펀들은 막대한 시세 차익을 얻은 채 미련없이 그 시장을 떠나 버린다.

그래서 붙여진 별명이 탐욕스러운 괴물이다.

그때 잠자코 있던 알버트 폴슨이 입을 열었다.

"며칠 전부터 나는 누군가한테 부탁을 받고 있었다네. 정용후 회장을 비롯한 정씨 일가를 태원 그룹에서 쫓아내고 그 이사진도 싸그리 총사퇴를 시키라는 부탁이었지."

"그 부탁을 한 사람이 설마 장형철입니까?"

"그래. 잘 아는군. 거기에는 내가 오랜 시간 알고 지낸 강해찬 국회의원이 넌지시 언질을 주기도 했다네."

"……."

만약 그가 정말 정용후 회장 일가를 몰아내려고 한다면?

태원 그룹 입장에서는 경영권 방어를 위해 막대한 자본을 투자할 수밖에 없다.

그러면 자연스럽게 태원 그룹은 엄청난 비용을 쏟아부을 수밖에 없게 되고 그것은 고스란히 기업 경쟁력 약화로 다가오게 된다.

"그러면 바로 실행하면 되는데 왜 이 자리까지 오신 겁니까?"

건형의 질문에 알버트 폴슨이 미소를 지어 보였다.

그리고 그가 입을 열었다.

그 말을 듣는 순간 건형은 자신도 모르게 웃음을 흘릴 수밖에 없었다. 그리고 새삼 아까 전 지혁이 한 말이 머릿속을 스치고 지나가고 있었다.

'나중에 베풀어 두면 그만큼 돌아오게 되어 있다.' 라는 그 말이.

Chapter. 04

한편 장형철은 초조한 얼굴로 연락이 오길 기다리고 있었다.

여러 차례 알버트 폴슨을 설득했지만 그때마다 그는 쉽사리 넘어오지 않았다.

과거에는 정인호 사장이 부정부패를 저지르고 있었기 때문에 주주총회를 열 명목이 충분히 있었지만 지금은 그렇지 않다는 게 그 이유였다.

그래서 강해찬 의원이 원하는 일이라고 주장하며 그가 도움을 주길 바란다고 강력하게 어필했다.

그가 영국계 헤지펀드의 대표이사이라고 한들 여기는 한국이었다.

또 이 한국을 지금 좌지우지하고 있는 건 강해찬이었다.

그래서였을까.

알버트 폴슨은 최근 들어 심경의 변화를 보이고 있었다.

그래서 장형철은 상황이 좋게 흘러간다고 생각 중이었다.

그런데 갑자기 그가 태원 그룹으로 갔다고 했다.

다급히 그를 막아 보려 했지만 이미 그는 태원 그룹 사옥 안에 들어가 버린 뒤였다.

장형철도 차마 그것까지 막을 수는 없었다.

그를 끌어낼 수도 없는 거고 지금으로서는 지켜보는 수밖에 달리 방법이 없었다.

그런데 여태까지 소식이 들려오지 않고 있었다.

소식이 없다는 건 좋지 않은 일이다.

그만큼 상황이 자신 뜻대로 풀리지 않고 있을 가능성이 높다는 의미이기도 하기 때문이다.

그렇기 때문에 장형철은 계속 초조한 얼굴로 상황을 지켜보고 있었다.

"젠장! 빌어먹을 늙은이 같으니라고!"

이번에야말로 반드시 박건형을 벼랑 끝까지 몰아붙일 필요가 있었다.

이미 두 번의 기회가 모두 물거품이 됐다.

한 번은 국세청장을 시켜서 세무조사를 하게 한 것.

다른 한 번은 언론 플레이로 철저하게 무너트리려 했는데 그것마저 실패해 버린 것이다.

이번이 그에게는 세 번째 기회인 셈이었다.

장형철은 사람에게는 세 번의 기회가 있다고 생각하고 있었다.

그런데 그 세 번째 기회마저 놓치면 그 사람은 쓸모없다는 것을 스스로 증명하는 것이나 다름없다고 여기고 있었다.

그게 그의 철학이자 신념이었다.

그래서 장형철은 단 한 번도 세 번 이상 실패한 경험이 없었다.

언제나 실패를 한 번 또는 두 번 아니면 아예 겪지 않은 채 목표를 달성하곤 했다.

강해찬 국회의원을 모시는 동안 그의 마음에 들 수 있었던 것은 비정할 정도로 단호하고 냉정하며 신속한 상황 판단 덕분이었다.

그렇지만 오늘만큼은 왠지 모르게 그게 생각만큼 잘 풀리지 않고 있다는 느낌이 들고 있었다.

'젠장. 무슨 일이 생긴 게 틀림없어. 빨리 다른 방법을 마련하는 수밖에.'

세 번째 기회마저 물거품이 된 이상 다른 거라도 시도해 봐야 할 것 같았다.

알버트 폴슨은 박건형을 보며 입을 열었다.

"헨리한테는 이야기 많이 들었네. 정말 영특한 친구라고 하더군. 왜 그가 자네한테 르네상스를 언급했는지 알 것 같아."

르네상스.

일루미나티의 이중적인 행동에 분개하며 모인 저명한 학자들이 다수 포함되어 있는 단체.

헨리 잭슨은 자신이 그 단체에 속해 있으며 언제 한번 시간을 내서 그 단체 사람들을 만나 줄 것을 요구한 적이 있었다.

이왕이면 일루미나티와 대립하고 있는 다양한 단체의 사람들과 만나서 차곡차곡 세력을 모아 두는 게 좋은 일이 될 수 있으니까.

그런데 여기에서 르네상스 사람을 우연찮게 만나게 된 것이었다.

건형도 알버트 폴슨이 르네상스의 임원 중 한 명인 줄은 미처 모르고 있었다.

"저는 미스터 폴슨이 르네상스의 임원인 줄은 꿈에도 모르고 있었습니다."

"하하, 그런가? 아, 알버트라고 불러도 되네. 헨리하고는 이미 막역한 사이라고 들었는데 나는 그렇게 여기지 않는 건가?"

"그럴 리가요. 어쨌든 알버트는 어떻게 생각하고 있습니까? 정말 주주총회를 열 생각이십니까?"

"그럴 리가 있나. 미스터 강, 그러니까 강해찬은 오래전부터 개인적으로 연락을 주고 받던 사이이지만 나는 항상 그를 경계했다네. 어떻게 보면 그는 일루미나티와 그렇게 크게 다른 게 없을 정도로 좋지 않은 뜻을 가슴속에 품고 있었으니까."

"그러나 당신은 알버트 헤지펀드의 대표이사 아닙니까? 수익을 극대화해야 하는 헤지펀드인데 그 반대로 움직였다가는 다른 투자자들이 꺼려 할 텐데요."

"그럴수록 자네가 태원 그룹의 수익을 극대화하면 되지

않겠나. 그러면 나도 좋고 자네도 좋고. 모두 다 좋을 수 있지."

"……그건 그렇긴 하지만."

기업이 이익을 내게 하는 방법은 여러 가지가 있다.

그러나 그 모든 게 통하는 건 아니다.

그것들이 전부 다 통한다면 흑자를 내지 않는 기업은 없을 것이다.

누구나 쉽게 흑자를 낼 수 있을 터.

그게 어렵기 때문에 끊임없이 연구를 하고 새로운 제품을 개발하고 새로운 시장을 개척하는 것이다.

그러나 대한민국의 대기업은 대부분 그와 반대로 움직이곤 한다.

새로운 제품을 개발하기도 하지만 다른 중소기업의 신제품을 갈취하고 새로운 시장을 개척하기보다는 지금 점유하고 있는 시장에서 더 뜯어내려고 한다.

물론 건형은 그럴 생각은 전혀 없었다.

그때 생각난 사람이 한 명 있었다.

"생각해 보니 괜찮은 아이디어가 하나 떠올랐습니다."

"그게 무엇인가?"

"석유 에너지가 고갈되면 이를 대체할 에너지가 필요하

게 될 겁니다. 그리고 제 친구 중 한 명이 그와 관련된 연구를 하는 회사에 몸담고 있습니다. 조만간 연락을 해 봐야겠군요."

"만약 어려움이 있다면 언제든지 연락 주게. 알버트 헤지펀드가 아니라 르네상스에서 도움을 주도록 하겠네. 아무래도 새로운 에너지를 개발하려면 그만큼 여러 인재들이 두루두루 필요할 테니까."

"제 사비를 털어서라도 개발해 낼 테니까 걱정하지 않으셔도 됩니다."

"좋네. 그러면 잘 부탁하지. 나는 이제 슬슬 일어나야겠어."

"예. 다음번에 한번 찾아뵙겠습니다."

"그때에는 영국으로 오게나. 진귀한 대접을 해 주겠네. 다른 르네상스 회원들도 만나 봐야 하지 않겠나?"

"아, 예. 그러도록 하겠습니다."

건형이 고개를 끄덕였다.

뜻밖의 만남.

그러나 그것은 졸지에 건형에게는 전화위복이 되어 주고 있었다.

그로부터 며칠 뒤 알버트 폴슨이 전용기를 타고 영국으로 귀국했다는 이야기에 장형철이 얼굴을 구겼다.

그의 얼굴은 마치 흉신악살처럼 잔뜩 일그러져 있었다.

"그 빌어먹을 늙은이가 기어코 일을 그르쳤군."

자신이 생각했던 세 가지 플랜이 모두 무너지고 말았다.

장형철 입장에서는 여태껏 자신이 계획했던 일들 중 이렇게 하나도 안 풀린 적은 처음 있는 일이었다.

여태까지 첫 번째 아니면 두 번째에 항상 일을 성공적으로 마무리하곤 했는데 이런 경우는 정말 드물었다.

"빌어먹을."

그는 얼굴을 구겼다.

이 일을 강해찬 국회의원한테 어떻게 보고해야 할지 마음이 갑갑했다.

그때였다.

부하가 그를 찾았다.

"형님, 의원님께서 찾으십니다."

"그래. 가야지. 곧 간다고 전해 다오."

"그게…… 의원님께서 직접 오셨습니다."

장형철은 하는 수 없이 곧장 자리에서 일어났다.

저 멀리 강해찬 국회의원이 보였다.

"의원님, 어쩐 일로 여기까지 오셨습니까?"

"자네한테 해야 할 말이 있어서 말이야. 그래, 알버트가 영국으로 돌아갔다고?"

"예. 그렇습니다. 알버트가 오늘 낮에 전용기를 타고 귀국한 것으로 파악했습니다."

그때 장형철에게 다가온 강해찬이 그대로 뺨을 후려쳤다.

철썩―

얼굴이 크게 돌아갈 만큼 힘이 담긴 스윙에 그대로 피가 뿜어졌다.

부하가 다가오려 했지만 장형철이 손을 들어 그것을 막아섰다.

"죄송합니다. 의원님. 달리 드릴 말이 없습니다."

"애초에 죄송해할 일을 하면 안 될 거 아니야? 그래서 어떻게 할 거야?"

"죄송합니다. 지금 대책을 마련 중에 있습니다."

"네가 나한테 분명 그랬지. 셋 중 하나면 충분히 해결할 수 있을 거라고. 그런데 이게 뭐지? 지금 제대로 해결됐나? 국세청도, 언론도, 주주총회도 모두 물거품이 됐어. 제대로 일 처리하지 않을 생각이야! 어?"

"죄송합니다. 제대로 해내겠습니다. 한 번만 더 기회를 주십시오."

"그때 확실히 매듭을 지어야 했어. 애초에 그 자식을 살려 두면 안 되는 거였는데. 끝까지 장태식은 아이들까지 죽일 필요가 있겠냐고 이쯤에서 마무리를 짓자고 했었지. 그때 그 말을 들은 게 화근이야. 에잉, 퉤."

침을 뱉으며 사라지는 강해찬을 보며 장형철이 고개를 갸웃거렸다.

'아버지가? 설마.'

아버지가 그렇게 인정을 베풀었을 리가 없었다.

아버지는 끝까지 일을 마무리하려 했지만 보는 눈이 워낙 많아서 가족들은 건드리지 못한 것으로 알고 있었다.

그런데 자신이 알고 있던 내용이 아니라고?

장형철은 그 말에 머릿속이 복잡해지고 말았다.

도대체 뭐가 진짜인지 헷갈리기 시작하고 있었다.

'아니야. 더 이상 그건 중요하지 않아. 중요한 건 이 일을 마무리 지어야 한다는 거야. 그러지 않으면 그 녀석이 어떤 식으로든 반격을 해 올 게 분명하니까.'

모든 게 다 물거품이 됐다.

사실상 남은 방법은 몇 가지 되지 않았다.

그를 아예 감금해 두거나 또는 태원 그룹을 어떤 식으로든 분쇄해 버리거나.

둘 중 하나뿐인데 둘 다 불가능했다.

그때였다.

사내 한 명이 그에게 다가와서 말했다.

"저…… 대장님, 그가 움직이고 있습니다."

"누구? 박건형?"

"예. 지금 급히 이동 중입니다."

"그 남자를 만나러 가는 거 아니야? 김지혁이었나 그 사람. 조사해 보니까 별거 없다며? 아니었어?"

"아니요. 그를 만나러 가는 게 아니라 동창을 만나려고 하는 거 같습니다."

"고등학교 동창들? 그게 무슨 문제가 있어?"

"아닙니다. 그냥 알려드려야 할 거 같아서……."

"됐고. 태원 그룹을 어떻게 부서트릴지 한번 찾아봐. 그리고 정인호 사장, 그와 만나 봐야겠으니까 자리를 마련해 주고."

"정인호 말입니까? 그는 징역형 때문에……."

"필요하면 뭐라도 써먹어야 할 거 아니야! 빨리 연락 취해. 알았어?"

"아, 예."

장형철은 승부수를 띄우기로 마음먹었다.

지금 상황에서는 정인호.

남아 있는 패는 그뿐이었다.

*　　　*　　　*

장형철은 교도소에 수감되어 있는 정인호를 마주할 수 있었다.

얼굴은 초췌해져 있었고 눈은 퀭한 게 꽤 마음고생을 심하게 한 모양이었다.

"정 사장님, 제가 누군지 아십니까?"

"……누군가?"

"저는 강해찬 국회의원님을 모시고 있습니다. 장형철이라고 하죠."

"강해찬 국회의원? 그래, 어쩐 일로 나를 찾아왔지?"

"이미 어느 정도는 짐작하고 계실 거라고 생각합니다만 제가 틀렸습니까?"

"왜? 내가 아버지를 치길 바라나?"

"예. 그렇습니다. 몇 년 동안 이 교도소에 수감되어 있는 것보다 태원 그룹의 일인자가 되어 마음껏 권력을 누리고 싶지 않으십니까?"

"그래서 강 의원이 얻어 가는 건 뭐지?"

"태원 그룹의 지분 약간이면 됩니다."

"꽤 많은 일을 벌였더군. 국세청을 움직이고 언론을 흔들고 거기에 주주총회까지. 확실히 여당의 6선 국회의원이 남다르긴 남다른 모양이야. 안 그런가?"

"역시 다 파악하고 계셨군요."

장형철은 입가에 비릿한 미소를 흘렸다.

이렇게 세상사에 관심이 많고 귀를 열어 두고 있다는 것 자체가 그가 여전히 권력과 재물을 탐낸다는 의미다.

아마 그는 자신을 이렇게 버린 아버지 그리고 자신을 이렇게 만든 박건형.

두 사람 모두 증오하고 있을 가능성이 컸다.

자신이 여기서 해 줘야 할 건 그것을 살금살금 자극하는 것뿐이었다.

"정 사장님. 정 사장님을 이렇게 만든 사람이 누군지 아십니까?"

"……그게 누군가?"

상처 입은 야수가 으르렁거리는 듯한 울음소리다.

자신을 이렇게 비참한 처지로 만든 그 사람을 분명히 증오하고 있다는 의미.

　장형철이 생글생글 웃으며 입을 열었다.

　"박건형이라고 아십니까?"

　"알고 있지. 언론에서 대서특필을 했더군. 갓핸드라고 하면서 태원 그룹에 재신이 강림했다고 말이야. 그가 전략기획실장 자리를 차지했다지? 아버지도 참 강수를 두셨더군."

　"그가 바로 사장님이 찾으시는 자입니다."

　"잠깐. 지금 뭐라고 했지?"

　"그가 사장님이 찾는 사람이라고 했습니다."

　"지금 나보고 그것을 믿으라는 말인가?"

　"예. 김기석 실장, 기억하십니까?"

　"그래, 알다마다. 그자가 나를 물 먹였지."

　"그 김기석 실장이 데려왔던 여자아이가 엔젤돌스의 리더 유민영이었고요."

　"잡설은 그만. 알고 있는 거나 말해 봐."

　"그 유민영이 친하게 지내는 게 플뢰르의 막내 수현이라는 여자아이더군요. 그 수현이라는 여자아이는 하필이면 사장님이 물 먹었던 그 날 박건형한테 연락을 했고요. 그것은 수현이라는 여자아이 통신 기록을 조회해서 찾아냈습니다."

건형의 휴대폰 통화 기록도 찾아보려 했지만 그것은 불가능했다.

건형은 국내 통신업체의 통신망을 사용하고 있지 않았다.

특수한 통신망이었는데 그것은 장형철도 알아내지 못하고 있는 것이었다.

어쨌든 거기서 특수한 연관 관계를 찾아내는 건 쉬운 일이었다.

"그래서 그 플뢰르의 수현이라는 여자애가 건형에게 도와 달라고 했고 박건형이 유민영을 데려간 거다? 그 후에 그것을 언론에 뿌린 거고?"

"예, 그렇습니다."

"하아, 무슨 각시탈이 따로 없군."

그때 정인호는 김기석 실장을 따로 만났을 때 그가 겁에 질려 중얼거리던 말을 떠올렸다.

웬 하회탈 가면을 쓴 사내가 나타나서 자신을 기절시키고 그것도 모자라서 경호요원을 모조리 때려눕혔다고 했었다.

그때는 그가 책임을 피하고자 둘러대는 말이라고 생각했

지만 지금 와서 보아하니 그게 아닌 모양이었다.

'설마 그럼 그때 그 하회탈이……'

"사장님, 언제든지 제 제안이 관심이 있으시다면 연락 주시길 바랍니다. 교도관한테 말하면 바로 달려오겠습니다."

장형철이 자리에서 일어나려 할 때였다.

정인호가 그를 붙잡았다.

"내게 원하는 게 뭐지?"

"태원 그룹을 되차지하는 겁니다."

"태원 그룹을 나 혼자? 그건 어려워. 아버지가 순순히 태원 그룹을 놓아 주려 할까?"

"도움을 주실 분들이 있습니다."

"누구지? 쓸모없는 자들을 붙여 줄 거면 애초에 제안을 하지 않았을 테고."

"정찬수 부회장님이 사장님을 도와주실 겁니다."

"뭐라고? 막내 아버지가?"

"예. 그리고 정찬수 부회장을 따르는 세력들도 사장님을 도울 겁니다. 그밖에 몇몇 재계에서도 정 사장님을 지지하고 나설 거고요. 태원 그룹의 정 회장이 이번에 벌인 건 국민들이 보기에는 적절한 행동이었지만 재계에서는 여러모로 불편하고 고깝게 보일 수밖에 없었으니까요."

"그럴 만하겠지. 나중에 자기들이 똑같은 일에 처하면 그때에는 유야무야 넘어갈 수 없게 될 테니까."

실제로 몇 년 전 이와 비슷한 사건이 있었다.

물론 죄목은 달랐다.

그때 한 재벌가의 막내딸이 비행기에서 난동을 부린 적이 있었다.

게다가 실랑이하던 비행기 승무원 여럿을 폭행하기까지 했다.

그로 인해 수많은 비행기 승객들이 불편을 겪어야 했다.

그 때문에 그녀는 감옥에 들어가야 했고 한동안 매스컴이 그 일로 시끌벅적했었다.

그러나 결과는 집행유예 판결이었다.

솜방망이 처벌로 끝나고 만 것이었다.

유전무죄, 무전유죄.

돈 있는 자가 승리하는 싸움이 되어 버린 것이다.

그런 점에서 정용후 회장이 이번에 내린 결단은 국민들에게는 태원 그룹이 믿을 만한 그룹이다라고 비쳤을지는 모르지만 재계 여러 인사들에게는 왜 자기 혼자 깨끗한 척하려는 거야? 라는 움직임으로 비쳤을 수 있었다.

"좋아. 그래서 상황은 어떻지?"

"도와주시는 겁니까?"

"어차피 여기 갇혀 있어 봤자 의미 없는 세월만 낭비할 뿐이지. 그럴 바에는 잃어버린 내 권좌를 내 힘으로 되찾아 오는 게 더 낫겠지."

정인호가 마음을 굳혔다.

"게다가 복수도 해야 하고. 그 신임 전략 기획실장한테 말이지."

"잘 생각하셨습니다. 저 역시 사장님을 도울 겁니다."

"자네가?"

"예. 한번 믿어 보시죠. 강해찬 국회의원님을 지척에서 보필하고 있으니 신뢰하셔도 될 겁니다."

"그건 차차 지켜보도록 하지. 그러면 나는 언제 풀려날 수 있는 거지?"

"강해찬 국회의원님이 법무부장관을 설득하기로 했습니다. 대통령 각하도 뵙고 오실 테고요. 늦어도 내일이나 모레 사면될 겁니다."

"좋군. 기다리도록 하지."

장형철이 정인호를 만나러 간 사이 건형은 오랜 친구를

만나기 위해 서울 근교에 있는 공장으로 빠르게 외제차를 몰고 있었다.

순식간에 근교에 도착한 건형은 미리 나와 있는 친구와 악수를 주고받았다.

"오랜만이다. 너 그런데 갑자기 무슨 일로 여기까지 온 거냐?"

건형이 만나러 온 사람은 백정호였다.

주식회사 그린파워의 개발팀장으로 한때 T사 사장의 아들이던 찬우가 노리던 회사의 실질적인 두뇌라고 할 수 있었다.

그 뒤로 그린파워 사장이 모습을 보였다.

"오랜만이군. 그동안 잘 지냈나?"

"아, 정 사장님. 오랜만입니다. 제가 자주 찾아뵀었어야 하는데 워낙 바쁘게 살다 보니 그럴 여유가 없었습니다."

정덕수가 미소를 지어 보이며 말했다.

"괜찮네. 자네 덕분에 우리 회사가 살았는데 그게 뭐가 대수라고. 하하, 아무 때나 연락 없이 와도 된다네."

과거 찬우가 T사의 힘을 이용해서 그린파워를 노렸을 때 건형이 그것을 막아선 적이 있었다.

그때 건형은 자신의 주식을 이용, 그린파워의 주식을 사들였고 적대적 M&A를 하려 하던 T사를 상대로 그린파워의 백기사 역할을 자청했다.

막대한 자금이 소요되는 일이었지만 건형은 친구를 위해서 아낌없이 자금을 쏟아부었고 그 덕분에 그린파워는 국내에서 세 손가락 안에 드는 기술력을 갖춘 기업으로 성장할 수 있었다.

특히 그린파워가 개발 중인 무선전력전송기술은 어느 정도 실체를 갖춘 상태였다.

이제 남은 건 이 기술을 세계 각국에 판매하는 건데 그 로열티로 매년 엄청난 매출을 거둬들일 것으로 예상되고 있었다.

그런데 갑자기 건형이 그린파워를 찾아온 것이었다.

"일단 안으로 들어가서 이야기하자."

건형이 고개를 끄덕였다.

안으로 자리를 옮긴 뒤 건형이 두 사람을 쳐다보며 입을 열었다.

"혹시 차세대 에너지 개발에는 관심이 없으십니까?"

"차세대 에너지 개발? 그게 무슨 이야기야?"

"무선전력전송기술은 이미 완성된 거 아닙니까? 슬슬 새로운 프로젝트를 짜야 할 텐데 차세대 에너지 개발은 어떠신가 해서 여쭤보는 겁니다."

정덕수가 백정호를 슬쩍 곁눈질했다가 건형을 바라보며 차분한 목소리로 말을 꺼냈다.

"기술 개발은 나도 참여하긴 하지만 핵심 기술은 정호에게 일임하고 있기 때문에 그 부분은 정호한테 물어보는 게 더 나을 듯싶네."

"알겠습니다, 사장님. 정호야, 차세대 에너지 개발에 대해 어떻게 생각하냐?"

"물론 개발할 수 있다면 나쁘지 않지. 석유에너지는 점점 고갈되고 있고 그런 상황에서 환경에 무해한 차세대 에너지를 개발할 수만 있다면 돈도 벌 수 있고 환경도 보호할 수 있고 여러모로 쓸모 있겠지. 실제로 수많은 기업들에서도 차세대 에너지 사업에 여러모로 투자 중이고. 그런데 우리 같은 중소기업이 그것을 개발하기는 어려워. 실제로 그 관련 분야를 확실하게 아는 사람도 별로 없고."

"그것은 내가 도와줄 수 있다."

"그러면 태원 그룹에서 자체적으로 진행하면 되지 않을까? 왜 굳이 우리 손을 빌려서 하려는 건지 그 이유를 들을 수 있을까?"

"태원 그룹은 이미 공룡이야. 이 시장을 잠식하고 있는 대기업이지. 태원 그룹이 개발한다면 상대적으로 수월하겠지만 그것은 태원 그룹의 덩치를 크게 부풀리는 일밖에 되지 않아. 나는 그보다는 다른 중소기업들에게 기회를 주고 싶어. 그린파워는 예전에 한 번 내가 도움을 준 경험이 있으니까 가장 먼저 찾아온 것이고."

"그런 의도라면…… 그런데 도와줄 사람이라는 건 누구지? 에너지 분야는 만만하게 봐서는 안 돼. 무선전력전송 기술하고 차세대 에너지는 궤를 달리하는 거니까. 기초과학 분야부터 차근차근 준비해야 가능한 일이니까."

"괜찮아. 도움을 줄 사람들은 금방 데려올 수 있으니까."

건형이 웃으며 대답했다.

그에게는 바로 그들이 있었다.

세계 최고의 지성들이 모인 집단.

르네상스.

차세대 에너지 개발을 위해 필요한 막대한 자금은 자신이 충당하면 되는 일이었다.

이미 준비는 모두 끝난 상태였다.

'남은 건 르네상스를 만나러 가는 일이군.'

아무래도 한번 영국을 다녀와야 할 것 같았다.

*　　　*　　　*

르네상스에 대해 알려진 건 많다.

구글을 통해 검색해 봐도 여러 정보를 찾아낼 수 있을 정도다.

그러나 세계사 시간에 배우는 르네상스의 정의는 이렇다.

14세기에서 16세기에 서유럽 문명사에 나타난 문화운동을 일컫는 말로 학문 또는 예술의 재생·부활이라는 의미를 가지고 있는데 고대 그리스·로마 문화를 이상으로 하여 이들을 부흥시킴으로써 새 문화를 창출해내려는 운동이라고 나와 있다.

한눈에 봐도 어려운 용어들이 한가득 하지만 간단히 이야기하면 신 중심의 세계에서 벗어나 인간 중심의 세계로 돌아오고자 했던 그 당시의 문화 혁명이라고 볼 수 있다.

그러나 이 르네상스와 다르게 또 다른 감춰진 르네상스가 있다.

일루미나티와 더불어 오랜 시간 갈등하며 대립각을 세워

왔던 단체의 이름이다.

그들은 세계를 정복하려고 하는 일루미나티에 대립하여 자신들의 이상을 세우고자 했고 르네상스라고 이름을 지어 다양한 학문 활동으로 그들을 저지했다.

펜은 총보다 강하다. 라는 말이 괜히 나온 것이 아니듯 그들의 저력은 생각보다 더 막강했고 일루미나티 역시 그들을 상대로 쉽게 움직일 수는 없었다.

근래 들어 로얄 클럽이 일루미나티에 대항하며 새롭게 떠오르고 있다지만 르네상스야말로 일루미나티에 맞서 기득권에 대항하려던 세력이라고 볼 수 있다.

물론 그것은 관점에 따라 다르다.

누가 볼 때 르네상스는 문화 활동에 이바지했고 약자를 보호하고자 노력했던 단체라고 평가한다면 누가 보기에는 그렇지 않게 평가할 수도 있는 것이니까.

어쨌든 건형은 한 번쯤 이 르네상스를 만나 봐야 할 이유가 충분히 있었다.

르네상스에는 말 그대로 세계 유수의 저명한 학자들이 즐비하게 있었다.

그들 모두 기라성 같은 학자들로 건형에게는 누구보다 도움이 되어 줄 수 있는 사람들이었다.

실제로 건형은 태원 그룹을 밑바탕으로 해서 대한민국의 체질을 바꿔 보겠다고 마음먹고 있었다.

솔직히 번거롭게 그렇게 할 필요는 없다.

우리나라라고 해 봤자 근래 들어 개인주의적 가치관이 발달하며 국가보다는 개인 자신을 생각하는 풍조가 확산되고 있는 게 사실이니까.

그러나 건형이 우리나라의 체질을 바꾸겠다고 마음먹은 건 두 가지 이유에서였다.

하나는 아버지가 유언으로 남긴 것.

다른 하나는 지현 때문이었다.

어째서 지현 때문에 그런 결심을 하게 됐냐면 나중에 지현과 결혼을 하게 되면 아이를 낳게 될 테고 그러면 한국에 정착해서 살게 될 텐데 그때 자라날 아이들한테 좋은 세상을 보여 주고 싶었기 때문이었다.

그러나 지금 대한민국은 도저히 그럴 만한 나라가 되질 못했다.

정권은 부패했고 여당, 야당 가릴 것 없이 타락했으며 부정부패가 번번이 일어나고 있었으며 누구 하나 그것을 막아서는 사람이 없었다.

오히려 그런 일을 막아서려 했다가는 눈 밖에 나서 좌천

되기 일쑤였다.

실제로 지난번 건형을 도와줬던 김찬욱 검사도 지금 좌천당해 청주지법에 있는 것을 보면 정의감이 있다고 하더라도 나설 수 없는 게 지금의 현실이었다.

"일단 태원 그룹부터 확실히 장악해야 할 필요가 있어. 그래서 내일 영국으로 갔다 오려고 해."

"그 르네상스라는 곳을 갔다 오려고요?"

"응. 헨리도 그게 나을 거라고 했고."

"나도 따라가고 싶어요."

지현은 최근 들어 플뢰르의 그룹 활동으로 인해 눈코 뜰 새 없이 바쁜 하루를 보내고 있었다.

정명수 사장한테 이야기를 들어 보니 근래 들어 각종 청탁을 받고 있다고 하는데 그때마다 단칼에 거절하고 있다고 했다.

그렇다 보니 슬슬 방송가에서도 압력이 들어오고 있는 중이라던데 굳이 방송 출연을 하지 않아도 될 정도로 콘서트만으로 막대한 수익을 창출하고 있는 데다가 또 건형이 레브 엔터테인먼트의 대주주 겸 이사로 있다 보니 감히 건드리는 곳이 없다고 했다.

다만 속으로 부글부글 끓고 있을 뿐이라고 했다.

아무래도 아이돌 그룹이 잘나가다 보면 여기저기서 스폰서 제의를 하는 게 비일비재한 데다가 연예인들도 그것이 서로가 윈윈하는 길이라고 생각하고 있기 때문이었다.

그러나 건형은 그것은 절대 안 된다고 못을 박았고 덕분에 레브 엔터테인먼트의 정명수 사장만 곤욕을 치르는 중이었다.

그렇지만 정명수 사장도 이것만큼은 절대 양보할 수 없는 것이어서 그 역시 건형의 뜻대로 완강하게 거절하고 있는 중이었다.

그래서 건형이 과감하게 레브 엔터테인먼트에 투자를 결심한 것이기도 했지만.

"그러면 갔다가 언제 오는 거예요?"

계속 잡혀 있는 콘서트 스케줄 때문에 지현은 이번에 같이 영국으로 떠날 수가 없었다.

그렇다 보니 건형 혼자 영국으로 갔다 올 수밖에 없는 상황이었다.

건형은 지혁에게 한국에 남아 달라고 부탁을 한 상태였다.

혹시 자신의 가족이나 또는 지현한테 무슨 해를 끼치지 않을까 그 점을 우려했기 때문이었다.

"빠르면 사흘, 늦어도 일주일 안에는 돌아오도록 할게."

"알았어요. 조심히 갔다 와요."

건형은 지현을 바라봤다.

그녀는 점점 아름다워지고 있었다.

특히 마음을 담아 노래를 부르기 시작한 이후로는 부쩍 온몸에서 광채가 나는 것처럼 느껴질 때도 있었다.

실제로 그룹 플뢰르에서도 지현이 차지하는 비중이 압도적일 정도로 높다고 했다.

다행인 건 다른 멤버들이 그런 지현을 시기나 질투하는 게 없다는 점이었다. 서로 친자매처럼 지내 와서 그런지 사이 좋게 지내고 있으니 건형 입장에서는 그보다 더 안심되는 건 없었다.

"갔다 오면서 선물 사 줘요."

"선물?"

"네. 음, 해리포터 인형 사다 주면 안 돼요?"

"……선물치고는 너무 소박한 거 아니야?"

"그래도요. 아니면 스노우볼도 좋아요."

지현이 얼굴을 발그레 물들였다.

"그래, 알았어. 시간을 내서 사 오도록 할게."

지현이 살며시 고개를 끄덕였다.

이튿날 건형은 스포츠카를 몰고 공항으로 향했다.

공항으로 향하는 동안 헨리 잭슨이 전화를 걸어왔다.

[미스터 팍. 지금 런던으로 떠나는 겁니까?]

"예, 그렇습니다. 미스터 폴슨한테는 미리 연락을 했습니다."

[잘했네. 내가 예전에 르네상스 사람들한테 미스터 팍에 대해 잘 이야기해 뒀으니 반겨 줄 걸세. 걱정하지 말고 잘 다녀오길 바라네.]

"감사합니다. 교수님. 그러면 다음에 뵙겠습니다."

[알겠네.]

헨리 잭슨은 최근 틈틈이 이곳저곳에서 강연을 다니며 꾸준히 유명세를 치르고 있었다.

하버드 대학교에서는 왜 헨리 잭슨이 한국에 있냐는 질문에 박건형 때문에 잠시 한국에 떠나 있는 것이고 곧 돌아올 것이라고 총장이 직접 인터뷰를 했지만 여론에서는 헨리 잭슨이 이미 하버드와 멀어진 게 아니냐는 주장을 하고 있었다.

실제로 헨리 잭슨의 후원자였던 노벨 아이젠하워는 몇 차례 그에게 연락을 취하기도 했다.

그러나 그때마다 헨리 잭슨은 한동안 휴가가 필요할 것

같다고 하면서 차일피일 시간을 미루고 있었다.

　그가 직접 한국으로 들어오고 싶을 법도 하지만 일루미나티와 건형 사이에 맺어졌던 계약으로 인해 양측 모두 서로의 땅을 밟지 못하고 있는 상황이었다.

　한국을 떠나 런던 히스로 공항에 도착한 건형은 자신을 마중 나온 사람을 발견할 수 있었다.

　"처음 뵙겠습니다. 박건형입니다."

　"허허, 반갑군. 영국에 온 것을 환영하네. 나는 노먼 커널트라고 하네."

　"예, 알고 있습니다. 노먼 교수님."

　건형을 마중 나온 건 재작년 노벨 물리학상을 수상한 적이 있는 저명한 물리학자 노먼 커널트였다.

　이미 공항에는 기자들이 조금씩 몰려들고 있었는데 두 사람을 취재하기 위해 몰린 인파들이었다.

　"기자가 더 몰리기 전에 일단 자리를 옮겨야겠군."

　"예. 저야 어디든지 괜찮습니다."

　"많은 사람들이 미스터 팍을 기다리고 있다네 그리고 당신의 그 특별한 능력에 대해서도 다들 주목하고 있고 말이야."

일루미나티가 아는 것을 르네상스가 모를 리는 없는 법이다.

건형이 흔쾌하게 고개를 끄덕이며 물었다.

"어디로 가야 합니까? 슬슬 기자들이 몰려들겠는데요?"

"일단 주차장으로 가세. 그리고 여기를 벗어나도록 하지."

그 순간 수많은 기자들이 두 사람을 에워싸기 위해 달려들었다.

노벨물리학상 수상자 노먼 커널트와 이미 세계적인 수준의 학자라고 평가받는 박건형.

두 사람의 만남이었다.

그것도 공항에 노벨 물리학상 수상자가 직접 발걸음을 한 것이다.

당연히 기자들 입장에서는 이게 어떻게 된 일인지 그 여부를 파악하는 게 중요할 수밖에 없었다.

그렇지만 그들보다 한 발 먼저 자동차에 탑승한 두 사람은 빠르게 공항을 빠져나왔다.

기자들로서는 허탕을 치고 만 셈이었다.

한편 자동차를 몰고 히스로 공항을 빠져나온 노먼 커널트가 건형을 바라봤다.

이십 대 중반의 나이.

이미 육십 대가 다 되어 가는 그가 보기엔 한창 젊은, 아니 어떻게 보면 대단히 어린 청년이었다.

"생각했던 것보다 더 젊어 보이는군."

"그렇습니까?"

"자네한테는 궁금한 게 참 많다네. 완전기억능력도 그렇고 어떻게 하다가 일루미나티와 대립하게 됐는지도 그렇고 또 왜 그 기업에 목을 매고 있는지도 궁금하군."

"다른 분들도 저한테 많은 걸 궁금해하고 계십니까?"

"그렇고말고. 아무래도 헨리가 오랜 시간 연구해 오던 리만 함수의 가설을 증명한 것에 대한 성과를 누군가에게 선뜻 건네준 것은 솔직히 말해서 믿기지 않는 일이었으니까. 실제로 누구나 할 거 없이 그 당시에는 헨리를 욕하는 사람들이 많았지. 자신의 연구 성과를 자네에게 일부러 돌렸다고 믿었으니까. 사실 개중 대다수는 헨리가 일루미나티로부터 도움을 받고 있다는 것부터 문제를 삼던 사람들이었지만."

확실히 르네상스에 속해 있는 사람들이 보기에 헨리 잭슨 교수는 양쪽에 모두 선을 대고 있는 그런 사람이라는 생각이 들 수도 있는 일이었다.

그는 일루미나티로부터 후원을 받으면서 한편으로는 르네상스의 회원으로 활동을 해 왔으니까.

"그래도 최근 헨리가 일루미나티와 완전히 등을 돌린 건 다행인 일이야. 뭐 누구도 헨리를 의심하진 않았지만 그래도 좋은 게 좋은 거니까. 아, 이제 거의 다 도착했군."

노먼 커닐트가 환한 미소를 지어 보이며 서서히 자동차를 운전하기 시작했다.

그런 건형의 눈에 들어오기 시작한 건 황금빛으로 빛나는 철문과 대리석으로 반짝이는 하얀색 궁전이었다.

"버킹엄궁전……?"

"르네상스에 온 걸 환영하네. 어린 친구."

Chapter. 05

건형은 눈을 휘둥그레 떴다.

설마하니 르네상스의 본거지가 버킹엄궁전 안에 있을 줄은 상상조차 하지 못한 일이었다.

"노먼 교수님, 이건 사실 생각지도 못한 일이네요. 르네상스가 버킹엄궁전 안에 있을 줄이야."

"하하, 혹시 여왕님께서 르네상스의 회원인지 물으려거든 그러진 말아 주게. 여왕님께서는 순수한 후원자일 뿐 르네상스의 회원은 아니라네."

"그렇군요. 그러면 버킹엄궁전은……."

"워낙 방이 많다 보니 우리도 쓸 수 있게 배려해 주신 거라네. 아, 그런데 사실 우리는 웬만해서는 버킹엄궁전에는 모이지 않는다네. 아주 특별한 일이 있을 때에만 버킹엄궁전에 머무르곤 하지."

"그 특별한 일이라는 게 혹시 제가 온 일 때문입니까?"

"잘 아는군. 자네를 환영하러 많은 사람들이 모였다네. 개중에는 웬만해서는 움직이지 않는 저명한 인사들도 많이 오셨다네. 하하, 그만큼 자네에 대한 관심이 높은 모양이야."

"저야 영광이죠."

"자, 여기서부터는 내려서 걷지."

"예, 그렇게 하죠."

노먼 커널트가 건형을 데리고 움직이는 동안 여왕을 지키는 근위대들이 그를 마중 나왔다.

그들은 절도 있는 동작으로 좌우에 정렬해 섰다.

그리고 서서히 버킹엄궁전의 문이 열리기 시작했다.

버킹엄궁전의 황금문 앞에 다닥다닥 붙어 있던 관광객들은 그 때문에 뒤로 밀려나야 했다.

"어? 노먼 커널트!"

"노벨 물리학상 수상자?"

"그 옆은 누구지? 웬 동양인?"

"아, 알았다. 저 사람이 바로 미스터 팍이야. 크렐레 저널에 논문이 실린 그 사람!"

그들을 알아본 사람들이 삽시간에 주변으로 몰리기 시작하면서 인산인해를 이루었다.

그 모습에 근위병들이 발 빠르게 걸어와서 그 주변을 막아섰다.

철통같이 지켜서는 모습에 다들 눈을 동그랗게 뜨며 연신 셔터를 눌러 댔다.

그러는 사이 길이 열렸고 노먼 커널트는 그 안으로 발걸음을 들여놓았다.

그때였다.

멀찌감치 떨어진 곳에서 그 모습을 지켜보던 사내가 입가에 미소를 그렸다.

'드디어 그가 여기에 왔군.'

그의 몰골은 꽤 꾀죄죄해 보였다. 그리고 얼굴 한가득 피로가 쌓여 있었다.

양팔은 단단한 수갑 같은 것을 차고 있었는지 그 흔적이 아직도 고스란히 남아 있었고 머리는 지저분하게 이리저리 헝클어진 상태였다.

누가 봐도 한눈에 노숙자임을 알게 하는 외모.

그렇지만 그 사내의 눈빛은 여기 있는 그 누구보다 더 찬란하게 빛을 뿜어내고 있었다.

버킹엄궁전 안에 들어선 뒤 노먼은 성큼 발걸음을 옮기기 시작했다.

당연히 건형은 말없이 그 뒤를 쫓았다.

꽤 오랜 시간 걸어서 도착한 곳은 궁전의 서쪽에 자리 잡고 있는 별관이었다.

웅성거리는 소리가 꽤 크게 들려왔다.

많은 사람들이 이 안에 자리하고 있는 게 틀림없었다.

"이 안인가 보죠?"

"그렇다네. 안으로 들어가지."

"예. 그렇게 하죠."

건형은 르네상스 회원들이 기다리고 있는 곳으로 발걸음을 들여놓았다.

호호백발부터 시작해서 다양한 연령층의 사람들이 그 안에 자리를 잡고 있었다.

그때였다.

두 사람이 안으로 들어서자 그때까지 시끌벅적하던 분위

기가 일제히 조용해졌다.

그리고 그들 모두 건형에게 시선을 집중했다.

소문의 그 주인공이 나타났다는 것 때문일까.

다들 호기심 어린 눈으로 건형을 바라보고 있었다.

"제가 손님을 모셔 왔습니다. 다들 그렇게 빤히 쳐다보기만 하실 겁니까?"

그때 주변을 환기시킨 게 노먼 커널트였다.

그제야 사람들이 헛기침을 하며 입을 열었다.

"노먼, 고생이 많았네."

"동양에서 온 현자도 고생이 많았군."

"알버트한테는 이야기 많이 들었네. 반갑네. 영국왕립학회의 토마스 카터일세. 핵물리학자이기도 하지."

"영국왕립학회의 브랜던 로지라네. 나는 지질학자일세."

"봉주르. 아카데미 프랑세즈의 엠마예요. 저는 시인이에요."

건형은 자신을 향해 쏟아지는 폭풍 인사에 연신 고개를 숙일 수밖에 없었다.

여기에 있는 사람들 중 자신보다 어린 사람은 단 한 명도 없었다.

기껏해야 삼십 대 초반 정도가 가장 어리다고 볼 수 있었는데 그것도 한두 명뿐이었다.

대부분 자신보다 나이가 많았고 개중에는 진짜 할아버지, 할머니뻘 되는 노인들도 있었다.

그러나 중요한 건 그게 아니었다.

'이 정도 사람들이 여기 이렇게 한자리에 모여 있을 줄이야.'

솔직히 말하면 믿기지 않는 일이었다.

그야말로 기라성 같은 학자들이 여기 이 자리에 함께하고 있었다.

노벨상 수상자들, 필즈상 수상자들, 세계적인 시인들, 작가들 등 그야말로 화제의 인물들만 만나 볼 수 있는 곳이 바로 이곳인 것 같다는 생각이 들 정도였다.

그런 사람들이 모두 자신을 보기 위해 여기 모인 것이었다.

그렇게 하나둘 인사를 나누는 사이 건형은 자연스럽게 이곳의 중심부로 이동하고 있었다.

그때 백발이 성성한 노인이 건형을 보며 손을 내밀었다.

"반갑네. 스티븐 윌리엄스일세."

"제가 아는 그 스티븐 윌리엄스가 맞습니까?"

"하하, 아니면 어쩌려고 그러는가?"

"영광입니다."

건형은 자신도 모르게 고개를 숙였다.

그만큼 상대는 대단한 사람이었다.

그는 알버트 아인슈타인과 비견되는 천재 과학자로 최근 들어서는 다양한 에너지를 연구, 개발하고 있었다.

개중에는 차세대 에너지로 꼽히는 전기에너지나 수소에너지도 포함되어 있었다.

건형 입장에서는 가장 필요로 하는 사람을 만난 셈이었다.

"스티븐 박사님을 뵙게 되어 영광으로 생각합니다."

"하하, 영광은 무슨. 그래, 알버트한테는 이야기 들었네. 차세대 에너지를 개발하는데 여러 가지 노하우를 빌리고 있다지?"

"예, 그렇습니다. 박사님께서 도와주시면 큰 힘이 될 것 같습니다."

"하하, 초면부터 정말 직설적으로 이야기하는군."

실제로 스티븐 윌리엄스는 이미 각종 기업은 물론 정부에서도 탐을 내고 있는 인재였다.

그를 잡는 자가 석유에너지가 고갈된 이후의 미래를 지배할 수 있다고 공공연히 이야기가 나오고 있는 상황이었다.

그래서일까.

그의 몸값은 이미 천정부지로 치솟은 상태였다.

그러나 스티븐 윌리엄스는 여전히 윌리엄스 연구소에 남아서 연구를 거듭하고 있었다.

그것은 스티븐 윌리엄스가 돈을 탐내지 않아도 될 만큼 재단으로부터 충분히 많은 돈을 받고 있는 데다가 다른 곳에 소속되어 괜한 분란을 만들고 싶지 않아서이기도 했다.

그런 상황에 건형이 갑작스럽게 제안을 한 것이었다.

"미안하지만 자네 뜻대로는 할 수가 없겠군. 나는 기업을 배 불리는 일은 하고 싶지 않다네."

"그렇습니까?"

"그러나 알버트한테 듣기로 자네는 완전기억능력을 갖고 있다고 하더군. 그동안 자네 관련 일화를 종합해 보면 충분히 가능할 법한 일이고 말이지. 그 정도 능력이면 나를 넘어서는 것도 가능하지 않은가?"

건형이 손사래를 쳤다.

"그럴 리가요. 제 완전기억능력은 무에서 유를 창조하는 능력은 없습니다. 주어진 정보 내에서 그 정보를 찾아낼 뿐입니다. 만약 저한테 스티븐 박사님 같은 능력이 있었다면 진즉에 그리했을 겁니다."

"……하하, 칭찬으로 받겠네."

"정말입니다."

건형이 멋쩍게 웃어 보였다.

그때였다.

노먼이 다가와서 건형을 잡아끌었다.

"노먼, 뭐 그리 바쁜 일이 있다고 미스터 팍을 데려가려 하는가?"

"잠시면 됩니다. 마스터께서 미스터 팍을 보고 싶어 하십니다."

"마스터가?"

"예. 잠시 갔다오겠습니다."

스티븐 윌리엄스가 고개를 끄덕였다.

한편 노먼의 뒤를 쫓아가며 건형이 물었다.

"이곳에서도 마스터라는 단어를 쓰는군요."

"뭐, 마스터라는 단어는 흔히 쓰이는 거니까. 어디서 쓰든 상관없는 일이지."

"그러면 혹시 그랜드 마스터도 있습니까?"

"그런 건 없네. 마스터라고 해도 우리는 르네상스 안에서는 다 평등한 권리를 가지고 있지. 마스터라고 부르는 건

단지 그에게 대표권이 있어서일세. 그것도 임시직에 불과하지만 말이야."

"그렇군요."

잠시 뒤 노먼이 도착한 곳은 버킹엄궁전 서관에 있는 외딴 방이었다.

이 방 안에 마스터가 있는 모양이었다.

"마스터, 손님을 모셔왔습니다."

"수고하셨습니다. 프로페서 노먼."

"아닙니다. 그럼 즐거운 대화 나누시지요."

노먼이 찡긋 웃어 보인 뒤 자리를 총총걸음으로 떠났다.

"안으로 들어오시죠."

그 말에 건형이 문을 열어젖혔다.

그리고 안으로 발걸음을 들여놓았다.

햇살이 내리쬐는 방 안에는 오십 대는 훌쩍 넘긴 금발의 장년인이 의자에 앉아 있었다.

콧대가 높고 세련됐으며 귀태가 넘쳐 흐르는 사내였다. 게다가 얼굴 가득 성스러운 광채가 빛을 뿜어내고 있었고 눈빛에는 현기가 가득 담겨 있었다.

완전기억능력을 얻은 뒤 자신보다 더 명석한 사람은 없다고 생각했지만 이번에는 그 느낌이 달랐다.

마치 더 거대한 산을 만난 것 같은 느낌이었다.

"처음 뵙겠습니다. 박건형입니다."

"알버트, 헨리에게는 이야기 많이 들었습니다. 저는 르네상스의 마스터 하워드 세이모어라고 합니다."

박건형은 그의 성을 듣고 단번에 생각나는 게 있었다.

그는 영국의 공작이었다.

"서머싯 공작 각하시군요."

"하하, 그건 중요한 게 아닙니다. 드디어 그대를 만나게 됐군요. 완전기억능력자를 말입니다."

"저를 만나고 싶어 한 특별한 이유라도 있으십니까?"

"그것은 지금 당장 말씀드릴 수는 없습니다. 그와 약속을 했으니까요."

"그가 누구입니까?"

"궁금하면 저를 꺾으시면 됩니다. 그러면 대답을 해드리죠."

상대의 도발.

여기서 이 도발에 넘어가느냐 마느냐.

마침내 결정을 내린 건형이 말을 꺼냈다.

"체스 한번 두시겠습니까?"

"체스라…… 그러고 보니 로얄 클럽이 주관한 이번 대회에서 슈퍼컴퓨터를 상대로 꺾었다고 이야기가 자자했지요.
좋습니다."

그가 체스판을 꺼내 책상 위에 올렸다.

그것은 다이아몬드로 섬세하게 조각된, 못해도 몇 억은
훌쩍 넘어갈 정도로 고급스럽게 세공된 체스 판과 체스 말
이었다.

그리고 대국이 시작됐다.

*   *   *

서머싯 공작과 체스를 두며 건형은 흠칫 놀랄 수밖에 없
었다.

생각보다 상대의 수가 예리하기 이를 데 없었다.

마치 송곳처럼 팍팍 박혀 오는 그런 느낌이었다.

게다가 자신의 수를 한발 앞서 예측하고 그 맥을 미리 짚
는 점까지.

'고수군.'

건형은 상대가 예사롭지 않은 실력가라는 걸 알 수 있었
다.

그렇게 정신없이 시간이 흘러갔다.

결국 승리를 거머쥔 건 건형이었다.

서머싯 공작이 양손을 들며 경기를 포기했다.

"하하, 대단하군요. 왕년에 내가 그랜드 마스터 아르세이하고 체스를 뒀을 때에도 이렇게 힘들진 않았는데……
과연 새로운 그랜드 마스터답군요."

"예? 그랜드 마스터라니요?"

"아, 모르셨던 모양이군요. 지금 세계 체스 랭킹 1위이자 그랜드 마스터인 제임스 왓슨이 자신은 그랜드 마스터라고 불릴 수 없다고 하면서 미스터 팍에게 그 자리를 내어놓았습니다. 물론 세계 체스 연맹은 이벤트 대회에서 미스터 팍이 이긴 걸로 그랜드 마스터가 될 수 없다고 주장하며 기사화되진 않았지만요."

"그렇군요. 저는 몰랐습니다."

건형은 처음 듣는 이야기였다.

"사실 그건 당장 중요한 이야기는 아니겠지요. 당신이 궁금해하는 건 다른 것일 테니까요."

"예. 저를 만나고 싶어 한 특별한 이유라도 있으신 겁니까?"

"오래전 알고 지낸 친구가 한 명 있습니다. 그 친구 역시 일루미나티를 대단히 껄끄럽게 생각했죠. 그래서 저와 그

친구는 힘을 합쳐 새로운 힘을 만들어 내고자 했습니다. 일
루미나티에 대항할 수 있는 더 큰 힘을. 그러다가 그 친구
가 세상을 떠났고 저 혼자 남겨지게 됐죠."

"일루미나티에 대항할 수 있는 더 큰 힘이 존재합니까?"

"그렇습니다. 일루미나티라고 해서 만능은 아닙니다. 그
들 모두 불사의 존재들도 아니죠. 인간은 누구나 약점이 있
기 마련입니다."

서머싯 공작을 바라보며 건형이 물었다.

"그 친구가 누구입니까?"

"당신 이전에 그 능력을 가지고 있던 사람입니다."

"예?"

"완전기억능력자는 그전부터 대대로 존재해 왔습니다.
그러나 그 능력은 너무나도 위험해서 쉽사리 다룰 수 없었
고 제약이 필요했습니다. 그 친구도 완전기억능력을 계속
해서 쓰다가 크나큰 병을 앓았으니까요. 다시는 되돌릴 수
없는……."

"저 역시 그런 병을 앓게 될 수 있다는 말씀이십니까?"

"예. 가능한 일이죠."

"일루미나티에서는 그 완전기억능력자를 대단히 껄끄러
워하고 있었습니다. 어째서 그런 건지 알려주실 수 있으시

겠습니까?"

"제 친구가 일루미나티를 껄끄럽게 생각했다고 말씀드
렸죠? 그건 일루미나티가 제 친구의 가족을 모두 살해했기
때문입니다. 그래서 제 친구는 죽기 직전까지 일루미나티
를 무너트릴 방법을 생각해 냈고 끊임없이 연구에 연구를
거듭했죠."

숨겨진 역사가 드러났다.

결국 일루미나티와 완전기억자는 그 이전부터 대립하고
있었던 게 분명했다.

그렇다면 지금 일루미나티의 그랜드 마스터는 그 당시
완전기억자가 어떤 식으로 일루미나티에 피해를 끼쳤는지
알고 있는 사람일 터였다.

"어떻게 됐죠?"

"그는 완전기억자의 힘이 단순히 무언가를 기억할 수 있
는 것에 그치지 않는다고 생각했습니다. 그래서 그 힘을 다
각도로 발전시켰고 급기야 상대의 마음을 조종할 수 있는
힘까지 얻게 됐죠. 그리고 르네상스와 일루미나티 사이에
서 전쟁이 벌어졌습니다. 세상 사람들은 모르는, 아주 거대
한 전쟁이었죠."

"그가 나섰군요."

"예. 그는 완전기억자로 나서서 일루미나티의 사람들을 포섭하기 시작했습니다. 한 번 마음을 조종당한 사람들은 다시는 일루미나티로 돌아갈 수 없었고 상황은 우리에게 급격히 유리해졌죠."

"그런데 왜 일루미나티는 아직도 건재한 겁니까?"

"일루미나티에서도 강경책을 내놨죠. 초인, 그들이 나타난 겁니다."

초인이라 함은 인간의 한계를 벗어던진 사람을 뜻한다.

일루미나티에서 그들을 내놨다는 게 무슨 의미일까.

건형은 그의 이야기에 집중하기 시작했다.

"그들이 내보낸 건 만들어진 지 얼마 안 된 급조된 초인들이었습니다. 그러나 그들로도 충분히 위협적이었습니다. 그들은 마음이 거세당한 살아 있는 살인병기였으니까요."

"……"

마음이 거세당했다면.

마음을 움직일 수 없게 된다.

그러면 상대를 자신의 뜻대로 조종하는 것도 불가능해진다.

건형 역시 그와 비슷한 문제를 겪었다.

자신이 능력을 부여해 준 사람들 모두 자신에게 은연중

에 끌리고 있었다.

즉 마음이 그에게로 향하고 있다는 것과 동일하다고 봐야 했다.

그러나 마음이 없는 사람이라면?

건형이라고 해도 그를 포섭할 수는 없다.

"그들은 르네상스에 은밀히 침투했고 제 친구에게 치명상을 입히는 데 성공했습니다. 그 후 제 친구는 앓고 있던 병이 더 악화되면서 세상을 떠나고 말았죠. 그 후 저는 일루미나티를 칠십 퍼센트 가까이 무너트렸음에도 불구하고 먼저 화해를 할 수밖에 없었습니다. 제 친구가 없는 이상 일루미나티를 무너트리는 건 불가능한 일이었기 때문이죠."

"그 초인들은 어떻게 됐습니까?"

"만들어진 지 얼마 안 된 불안정한 초인들이었습니다. 게다가 영혼을 빼앗긴 자들이었죠. 아마 폐기됐을 겁니다."

"그들도 엄연히 인간 아닙니까?"

"일루미나티는 그런 잣대로 판단할 수 있는 곳이 아닙니다. 그들은 자신의 목적을 위해서라면 무엇이든 만들어 낼 수 있는 광기 어린 집단이죠."

건형은 한숨을 길게 내쉬었다.

서머싯 공작이 자신한테 이런 이야기를 꺼낸 게 무슨 의도에서인지 알 것 같았다.

"그래서 서머싯 공작 각하는 제가 그 친구분 역할을 대신해 주길 바라는 겁니까?"

"일루미나티는 계속해서 그 세력을 늘리고 있습니다. 이때야말로 그 일루미나티에 대항할 세력이 필요한데 지금이 세계에는 로얄 클럽과 르네상스, 이 두 곳만이 유일합니다. 그렇지만 로얄 클럽은 언제든지 그 태도를 바꿀 수 있는 곳이죠. 저는 미스터 팍이 우리를 돕길 원합니다. 여왕폐하께서도 그것을 바라실 겁니다."

건형은 침묵에 잠겼다.

르네상스를 아군으로 두는 건 나쁘지 않은 선택이다.

어쨌든 그 역시 일루미나티와 돌이킬 수 없는 사이가 되어 버린 건 사실이니까.

그렇지만 르네상스에 전적으로 협조하는 건?

건형으로서도 신중히 생각해 봐야 할 일이었다.

어쩌면 화살받이 노릇만 하게 될지도 모르는 일이었기 때문이다.

손해만 보고 살 생각은 없었다.

그때 문득 궁금증이 하나 생겼다.

"저 그 친구분은 어떻게 해서 완전기억능력을 갖게 되신 겁니까?"

"저도 그것에 대해서는 자세히 듣지 못했습니다. 어느 날 우연히 얻게 됐던 걸로 기억합니다. 그전까지는 평범한 대학생이었으니까요."

"혹시 친구분께서 완전기억능력을 얻기 전에 크게 다치신 적은 있습니까?"

"음, 크게 다친 적은 없을 겁니다. 아, 저와 제 친구들과 함께 스키를 타러 알프스로 갔다가 잘못 구르는 바람에 머리를 다친 적이 있었죠."

건형은 그 말에 혹시 하는 생각을 하게 됐다.

우연찮은 경우로 머리를 다칠 경우 완전기억능력을 얻게 되는 것이라면?

그러나 그것은 지나치게 그 확률이 낮았다.

똑같은 부위를 다칠 수도 없는 것이고 자칫 잘못했다가는 뇌출혈로 사망할 수도 있다.

건형은 운이 좋았던 경우였다.

실제로 퍽치기 사고를 당해서 의식을 영영 잃고 뇌사하는 경우도 적지 않기 때문이다.

괜히 그것을 범죄라고 부르는 게 아니었다.

어쨌든 한번 알아볼 만한 가치는 있을 듯했다.

그보다 문제인 건 일루미나티가 만들어 냈다고 하는 초인이었다.

이 초인들이 불완전했기에 망정이지 만약 이 초인이 제대로 만들어졌다면?

게다가 서머싯 공작이 하는 말을 들어보면 그야말로 괴물이라는 건데.

누가 그 초인들을 감당할지 혀를 찰 수밖에 없는 상황이었다.

"조금 더 시간을 주겠습니다. 그때까지 신중하게 생각했으면 하는군요. 우리도 그들이 두렵습니다. 만약 르네상스가 무너지게 된다면 그다음 차례는 로얄 클럽이 되겠죠. 안 그렇습니까?"

그의 말은 옳았다.

일루미나티가 노리는 건 세계 패권을 쥐는 것이다.

그리고 자신들이 원하는 세상을 만들고자 했다.

다만 지금 그것을 이루지 못하고 있는 건 두 단체 때문이다.

르네상스와 로얄 클럽.

어떻게 보면 삼국지처럼 이 세 곳은 균형을 이루고 있었다.

일루미나티는 미국을 중심으로 북미, 남미.

로얄 클럽은 중동과 오세아니아, 아프리카, 아시아.

르네상스는 유럽.

지금은 세 다리 모두 온전하게 있기 때문에 힘의 관계가 유지되고 있는 것이지만 이 다리 세 개 중 하나라도 망가진다면 힘의 균형이 무너지는 건 삽시간에 일어날 수도 있는 일이라고 볼 수 있었다.

여기서 건형이 이 균형을 깨트릴 수도, 유지할 수도 있는 역할을 하게 된 것이다.

그가 갖고 있는 완전기억능력 때문에.

"일단 조금 시간이 필요할 거 같습니다. 생각할 시간을 주신다니 그동안 고민해 보겠습니다."

"그러면 그동안 런던의 주요 관광지를 돌아다니시죠. 제가 사람을 붙여 드리죠."

"괜찮습니다. 저 혼자 돌아다녀도 될 것 같습니다. 그러면 다음에 다시 인사드리겠습니다."

"즐거운 만남이었습니다. 저는 와인을 한 잔 마셔야겠군요. 그 친구 녀석이 생각나서……."

건형은 서머싯 공작의 집무실을 빠져나왔다.

그때 밖에서 기다리고 있던 노먼이 다가와서 물었다.

"공작과 이야기는 잘 나눴나?"

"서머싯 공작 각하가 마스터일 줄은 몰랐습니다."

"하하, 명예직이지. 과거 르네상스는 이탈리아 메디치 가문의 도움을 받아서 번성할 수 있었지만 그 후 시간이 지나면서 메디치 가문이 몰락하고 우리는 그 근거지를 파리로, 그 후에는 영국 런던으로 옮기게 됐다네. 그때 영국 여왕이던 엘리자베스 여왕이 우리를 후원하기로 했고 르네상스는 그 대신 마스터를 영국인으로 하기로 했지. 어차피 실권이 없는 명예직에 불과하니까."

"아, 그래서 서머싯 공작 각하가 마스터로 있는 거였군요."

"그렇지. 그보다 내일은 어떻게 하기로 했나? 공작 각하와 이야기는 생각보다 잘 안 풀린 모양인데 말이야."

"음, 런던 구경을 해 볼 생각입니다. 여자친구에게 줄 선물도 사야 할 거 같고요."

"그래? 안내해 줄 사람은 있나?"

"아, 저 혼자 다녀볼 생각입니다. 괜히 사람들 눈에 띄이고 싶은 생각은 없어서요."

"하하, 내가 안내해 줄까 생각했는데 그러지 못하겠군."

오늘 낮 공항에서 있었던 소동을 떠올린 노먼이다.

건형도 멋쩍게 웃어 보였다.

"다음번에 이야기 나누시죠. 제게 하고 싶은 이야기가 있으신 거 같은데 말입니다."

"그래, 그때 내가 귀한 술을 대접하지."

"알겠습니다."

자신에게 배정된, 버킹엄궁전 안에 있는 커다란 침실에 누운 건형은 생각에 잠겼다.

완전기억능력자. 일루미나티가 만들어 낸 초인.

그리고 르네상스와 로얄 클럽, 일루미나티가 이루고 있는 삼각관계.

마지막 그 의문의 사내.

모든 게 얽히고설켜 머릿속을 복잡하게 만들고 있었다.

*   *   *

이튿날 아침 건형은 잠에서 깬 뒤 명망 높은 학자들과 조식을 함께했다.

그러는 동안 몇몇 학자들은 건형에게 달라붙어서 끊임없

이 자신의 이론을 확인하려 들었다.

그들이 보통 학자들이면 이해하겠는데 그들 모두 전 세계에 이름이 널리 알려진 저명한 학자들이었다.

그런 모습에 건형으로서는 솔직히 적응이 될 리 없었다.

그렇게 대화를 나누며 아침을 간단히 먹은 건형은 곧장 버킹엄궁전을 빠져나왔다.

선글라스를 낀 상태로 궁전을 나온 뒤 그가 향한 곳은 궁전 인근에 있는 웨스트민스터 사원이었다.

이 사원에는 세계적으로 이름 있는 사람들의 손바닥이 프린팅되어 있어서 꽤 많은 관광객들이 찾는 관광명소였다.

그 후 빅밴과 런던 아이를 둘러보면서 건형은 새삼 옛날에 봤던 영화들을 회상할 수 있었다.

특히 런던 아이를 보면서 지현과 함께 이곳에 왔으면 어땠을까 하는 생각이 드는 건 어쩔 수 없는 것 같았다.

지금 런던이 오전 열 시 무렵이니까 한국은 저녁 여섯 시 무렵일 터였다.

'전화를 받으려나?'

건형은 스마트폰으로 연락을 취했다.

신호음이 몇 차례 가고 잠시 뒤 그녀가 전화를 받았다.

[영국은 잘 도착했어요?]

"응, 어제 전화 못 해서 미안해. 급히 움직이느라고."

[괜찮아요. 지금은 어디예요?]

"런던 아이 보고 있어. 너하고 함께 왔으면 좋았을걸."

[치, 그러면 데려갔으면 되잖아요. 혼자 가 놓고서.]

"미안. 나중에 같이 오자. 우리 둘 사이에 여유가 더 많이 생기면 그때."

[지금 그래도 되는데.]

"플뢰르 활동은 어떻게 하고?"

건형이 심술궂은 목소리로 물었다.

그러자 지현이 단호한 어조로 말했다.

[그만두고 가면 되죠.]

"에이, 빈말하지 말고. 다른 멤버들이 서운해하겠다."

[오빠가 더 중요하니까 그렇죠. 바보.]

"알았어. 대신 근사한 선물 사 갈게. 스노우볼 사다 달라고 했지?"

[네. 기내에 반입할 수 없을 만큼 큰 걸로 사다 줘요.]

"뭐? 그런 게 있어?"

[없으면 만들어다 주면 되죠.]

톡 쏘는 말투.

왠지 잔뜩 화가 난 듯했다.

아무래도 자신을 떼어 놓고 혼자서 영국으로 갔으니 그러는 거겠지.

건형이 멋쩍게 웃으며 말했다.

"그래, 그렇게 할게."

전화를 끊고 난 뒤 건형이 이번에 연락을 한 건 지수였다.

"정 팀장님, 접니다."

[아, 실장님. 영국에는 잘 도착하셨어요?]

"회사는 별다른 문제 없죠?"

[예. 물론이에요. 걱정하지 않으셔도 될 거 같아요.]

"다행이네요. 이삼일 내로 돌아갈 수 있을 겁니다."

[차세대 에너지 개발 문제는 어떻게 되었나요?]

아직 르네상스로부터 확답을 듣지 못한 상태.

그렇지만 그녀를 굳이 불안하게 만들 필요는 없었다.

건형이 부드러운 목소리로 말했다.

"지금 협의 중에 있습니다. 만약 잘못된다고 해도 다른 아이템을 개발하면 될 겁니다."

[……박 실장님은 아이템 개발하는 일을 무척 쉽게 생각하시는군요.]

지수의 지적에 건형이 멋쩍게 웃음을 흘렸다.

"그만큼 자신이 있으니까요."

[알겠습니다. 할아…… 회장님한테는 그렇게 말씀드릴게요.]

"예, 고마워요."

건형은 그 말을 끝으로 전화를 끊었다.

르네상스에서 완곡하게 거절의 의사를 밝혔을 때 건형은 그 의견을 존중하기로 했다. 그리고 다른 아이템을 개발할 생각을 하기 시작했다.

차세대 에너지가 아니더라도 돈을 벌 방법은 얼마든지 있었다.

지금 주식으로도 충분히 많은 돈을 벌어들이고 있었고.

단지 그가 차세대 에너지를 개발하려고 한 건 태원 그룹과 그린파워 때문이었다.

태원 그룹과 그린파워, 두 회사의 상생을 돕고 더 나아가 태원 그룹에게 알아서 생존할 수 있는 발판을 마련해 주기 위함이었다.

일루미나티.

그들이 본격적으로 움직이기 시작한다면?

그러면 웬만한 그룹들은 초토화될 게 분명했다.

그들은 모든 걸 집어삼키려 드는 탐욕스러운 괴물들이었으니까.

그러나 그밖에도 건형은 다른 기술들도 생각해 내고 있었다.

이를테면 세계적인 스마트폰 제조업체.

그들에게 로얄티를 받고 무선전력전송기술을 이용한 장거리 충전 장치를 만들면?

어디서나 쉽게 충전이 가능한 그런 장치를 만드는 것도 가능하게 될 터.

건형은 그린파워에는 그런 식으로 아이템을 제공할 생각이었다.

그 대신 태원 그룹을 통해서는 다른 아이디어를 생각해 보고 있었다.

태원 그룹을 세계적인 그룹으로 발돋움시킬 뿐만 아니라 무언가 획기적일 수 있는 그런 아이템.

그래서 르네상스에 온 것이었고.

그렇다고 해도 차세대 에너지 개발 사업을 완전히 접은 건 아니었다.

다른 방법도 얼마든지 생각해 낼 수 있으니까.

정 안 되면 자신 혼자 해도 되는 일이었다.

다만 그러기엔 자신이 완전기억능력자라고 해도 어마어
마한 시간과 그전까지 관련 분야를 모두 다 공부해야 한다
는 어려움이 존재한다는 게 문제이지만.

'일단 기다려봐야겠어.'

복잡한 생각을 털어 내며 런던 아이까지 돌아본 건형이
향한 곳은 근처 공원이었다.

공원을 거닐며 건형은 생각을 정리하고 또 정리했다.

그러다가 휴대폰이 울리는 것을 뒤늦게 받았다.

전화를 건 것은 지혁이었다.

"아, 형. 무슨 일이에요?"

[야, 임마. 너 무슨 전화를 그렇게 늦게 받아? 무슨 일 있
는 거 아닌가 걱정했네.]

"에이, 걱정할 게 뭐 있어요. 저를 건드릴 사람이 누가
있다고요."

[그보다 가서 일은 잘됐어?]

"아니요. 차세대 에너지 개발은 일단 뒤로 미루려고요.
누가 나서지 않는 이상 지금 당장 하는 건 어려울 거 같아
요. 르네상스도 생각보다 협조적이지 않더라고요."

[그래? 아쉽게 됐네.]

"뭐, 괜찮아요. 다른 방법도 여러 가지 생각해 두고 있으

니까요."

[그래서 귀국은 언제 할 생각인데?]

"일단 르네상스 마스터하고 지금 이야기 중이에요. 형도 믿기지 않겠지만 서머싯 공작이 르네상스의 마스터였어요."

[서머싯 공작이? 그건 좀 의외인데? 서머싯 공작이 학문적으로 대단히 뛰어난 업적을 이룩하거나 그런 건 전혀 없잖아.]

"아, 이야기를 들어 보니까 마스터는 영국인 중에서 무조건 뽑아야 하는데 그 영국인도 왕족 혹은 공작만 가능한 모양이에요. 그래서 서머싯 공작이 마스터로 뽑혔다고 하더라고요. 그리고 또 하나 중요한 이야기를 들었어요."

[중요한 이야기? 그게 뭔데?]

어차피 이건 지혁이 직접 개조한 휴대폰이다.

도청 위험은 전혀 없다.

건형이 입을 열려고 할 때였다.

그의 시선을 잡아 끈 게 있었다.

공원 한가운데 웬 피에로가 서 있었다.

그리고 그 피에로 주변에 많은 사람들이 몰려 있었다.

[야, 무슨 일 있어?]

"아뇨. 공원에 웬 피에로가 있는데 무언가 이상해요. 느낌이 조금 남달라요."

건형은 그를 바라봤다.

그때였다.

그 피에로도 마찬가지로 건형을 바라봤다.

두 사람의 시선이 중간에 맞부딪쳤다.

건형이 순간 심호흡을 했다.

충격과 두려움, 낯익음, 호기심 등 복잡한 감정들이 그를 가득 채웠다.

'당신은 누구지?'

건형은 호기심 어린 눈빛으로 그에게 다가갔다.

그는 사람들에게 빙 둘러싸여 있었다.

"자, 여러분. 날이면 날마다 오는 기회가 아닙니다. 제가 내는 퀴즈를 맞히시면 원하는 소원은 무엇이든 들어드립니다."

"저요! 제가 할게요!"

"제가 해 봐도 될까요?"

빼곡히 가득 찬 사람들.

건형은 한발 물러나서 그 광경을 지켜보기 시작했다.

[야! 박건형! 무슨 일이냐고!]

지혁이 소리쳤지만 건형은 그 소리를 들을 수 없었다.

그는 스마트폰마저 주머니에 넣어 둔 채 상황을 지켜봤다.

그때 피에로가 몇 가지 문제를 내기 시작했다.

문제의 난이도는 쉬웠다.

그러나 그때마다 사람들은 제대로 된 대답을 하지 못하고 있었다.

'왜 저렇게 쉬운 문제를 틀리는 거지?'

그때였다.

그 피에로가 불쑥 건형에게 다가왔다.

"손님도 한번 제가 내는 문제를 맞혀 보시겠습니까? 맞힌다면 원하는 건 무엇이든 들어드리죠."

건형이 그를 바라봤다.

자신은 완전기억능력자다.

이 세상에 모르는 건 없다.

모르는 건 단 하나.

초현실적인 일들뿐이다.

"정상적이지 않은 질문은 사양하죠."

"좋습니다. 그 제안도 받아들이죠."

그때 그가 입가에 미소를 그리며 물었다.

"여태까지 이 세상에 존재했던 완전기억능력자는 모두 몇 명일까요?"

건형은 그를 바라봤다.

그는 자신을 알고 있다.

또 자신이 완전기억능력자라는 것도 알고 있는 게 분명했다.

건형이 그에게 다가가서 물었다.

"당신은 누구지?"

"궁금하시면 제 질문에 대답을 하시면 됩니다."

건형이 아는 완전기억자는 두 명이다.

자신과 자신 이전의 완전기억능력자.

그리고 둘 다 머리를 다치면서 능력을 얻었다.

세상에 존재하는 모든 지식을 기억할 수 있는 능력.

더 나아가 다른 사람을 자신의 것으로 만들 수 있는 능력.

비현실적인 이 능력을 가지고 있는 사람은 지난 역사에 몇 명이나 더 있었을까.

알 수 없다.

그렇다고 지레짐작으로 맞출 수도 없는 노릇이었다.

건형은 그를 빤히 바라봤다.

짙은 화장에 숨겨진 얼굴.

그는 미소를 짙게 그리고 있는 중이었다.

역사 속에서 천재는 많았다.

아이작 뉴턴이나 알버트 아인슈타인, 테슬라.

고대로 넘어가도 정말 천재라고 불릴 사람들은 많았다.

그런데 개중에서 완전기억능력자가 있었을까?

결국 해답을 찾지 못한 건형은 그를 지그시 바라보며 물었다.

"모두 몇 명이지?"

Chapter. 06

그가 입가에 미소를 그리며 말했다.

"이렇게 나오신다면 제가 알려드릴 수 없죠. 제가 질문을 낸 것이니까요."

"그건 중요하지 않아. 너는 누구지?"

"하하, 저를 붙잡을 수는 없을 겁니다. 그보다 궁금하지 않습니다. 어떻게 해서 당신이 완전기억능력을 얻을 수 있게 된 것인지?"

"……뭐라고?"

건형이 며칠 전 도출해 낸 건 완전기억능력은 유전으로

얻을 수 있는 게 아니라 우연찮게 얻어 냈다는 점이었다.

즉 자신이 이 능력을 얻은 것도 단지 우연에 불과했다는 것.

만약 그때 머리를 잘못 다쳤다면?

그러면 자신은 영영 깨어나지 못했을 테고 지금 건형의 삶은 아예 사라지고 없을지도 몰랐다.

그런데 방금 전 그가 한 말은 이 완전기억능력이 우연찮게 얻어진 게 아니라 무언가 다른 경로로 얻었을지도 모른다는 것이었다.

갑자기 머릿속에 혼란스러워졌다.

건형은 어떻게 해야 할지 골치가 아파졌다.

그의 말이 진실일까.

거짓이진 않을까.

결국 중요한 건 그를 잡아 놓고 물어봐야 한다는 점.

건형이 그에게 빠르게 파고들었다.

그때였다.

그가 흔적도 없이 사라졌다.

건형이 주변을 두리번거렸다.

그런데 피에로도, 그 주변을 둘러싸고 있던 사람들도 온 데 간 데 사라지고 없었다.

그리고 주변에 남은 건 자신을 쳐다보고 있는 몇몇 영국인들이었다.

그들은 건형을 이상한 사람인 것처럼 쳐다보고 있었다.

'도대체 어디로 간 거지?'

『궁금하면 미국으로 나를 찾아오면 돼. 거기서 너를 기다리고 있을 테니까.』

"크읍."

건형은 바뀐 그 말투와 목소리에 그가 누군지 단숨에 기억해 낼 수 있었다.

지혁을 납치해 갔던 바로 그 장본인.

그였다.

그가 분명했다.

그런데 어떻게 미국에 있어야 할 그가 여기 영국까지 나타난 것일까.

건형으로서는 이해가 안 가는 일이었다.

상식 밖의 일이 일어났다고 봐야 했다.

'도대체 어떻게 된 일이지…….'

건형은 혼잣말로 중얼거렸다.

도저히 이해할 수 없는 일이 지금 일어나고 있었다.

건형은 마치 귀신에 홀린 것 같은 기분으로 주변을 맴돌았다.

솔직히 제대로 관광이 될 리가 없었다.

트래펄가 광장을 구경했고 또 대영박물관도 구경했지만 흥미가 뚝 떨어진 상태였다.

그럴 수밖에 없었다.

아까 전 나타났던 그 의문의 사내.

그에 대한 해답.

그것을 얻고 싶어서였다.

어쨌든 런던 관광을 하며 지현이 원하던 스노우볼까지 몇 개 구입한 뒤에야 건형은 버킹엄궁전으로 돌아왔다.

근위대원이 그를 정중하게 맞이했다.

그 모습은 몇몇 사진에 찍혔고 개중에서 눈썰미 있는 사람은 그가 건형이 아닌가 긴가민가해했다.

그러면서 그 루머 아닌 루머가 한국에 떠돌았고 급기야는 도대체 건형이 어떻게 버킹엄궁전에 저렇게 자연스럽게 들어갈 수 있는지 의문부호가 연신 매달리고 있었다.

실제로 지난번 태양일보에서 발표한 기사에 따르면 건형은 국내에서 가장 막대한 부를 가진 부자이기도 했으니까.

체스 대회에서 얻은 상금은 그렇다치고 그가 주식을 통

해 벌어들인 수익은 그것을 훨씬 더 상회하는 것이었다.

오죽하면 월스트리트에서 그를 갓핸드라고 부를까.

이미 태양일보에서는 세 차례에 걸쳐 그에 대한 특집기사를 다뤘고 때 아니게 태양일보를 구독하는 사람이 늘어나기도 했다.

건형의 실체.

비단 평범한 사람들뿐만 아니라 기업인들도 그것을 궁금해하고 있어서였다.

버킹엄궁전에 돌아온 건형은 일단 서머싯 공작을 다시 독대했다.

"런던 관광은 잘하셨습니까?"

"예. 그럭저럭 할 수 있었습니다."

"다행이군요. 그런데 표정이 좋지 않군요. 무슨 안 좋은 일이 있었습니까?"

건형은 말을 아꼈다.

아직 서머싯 공작은 자신이 많은 걸 공유할 만큼 친밀한 관계도 아니었고 또 그만큼 믿음이 가는 상대방도 아니었다.

그가 명목상으로 르네상스의 마스터라고 하나 그건 어디까지나 명목상 직위일 뿐이고 그에게 얼마나 실권이 있는

지는 알 수 없는 상황이었다.

"제 제안에 대해서는 어떻게 생각하십니까?"

"그 전에 하나 여쭤 보고 싶은 게 있습니다."

"무엇이든 물어보십시오."

건형은 궁금해하던 것을 질문했다.

"서머싯 공작 각하께서 르네상스의 마스터라는 건 잘 알겠습니다. 그러나 저는 그게 명목상 직위일 뿐이라는 이야기를 들었습니다. 서머싯 공작 각하께서 실권을 쥐고 있는 건지 궁금합니다."

"좋은 질문이군요. 대답해드리죠. 저는 실권이 없습니다. 미스터 팍 말대로 저는 명목상의 직위를 가지고 있는 것에 불과합니다."

"그러면 제가 서머싯 공작 각하의 의견을 따른다고 해도 의미가 없지 않습니까?"

"그건 평화로운 시기일 경우죠. 르네상스에게 위기가 닥치거나 또는 영국 왕실이 곤경에 처했을 때 저는 르네상스의 전권을 휘두를 수 있는 권한이 있습니다."

"아, 그렇군요."

건형은 뒤늦게 그가 갖고 있는 권한을 이해할 수 있었다.

평상시에는 명목상의 직위이지만 전시에는 실권을 쥐는

것이나 다름없었다.

그렇다면 그와 손을 잡는 것도 나쁜 일은 아니었다.

어쨌든 일루미나티를 상대해야 하는 건형 입장에서 르네상스는 훌륭한 조력자가 되어 줄 수 있을 테니까.

물론 그들이 자신을 이용해 먹기만 하려는 것이라면 문제가 생길 테지만.

"그런데 르네상스가 일루미나티를 상대로 저항할 수 있는 힘이 있는 겁니까?"

일루미나티는 세계의 패권을 쥐기 위해 움직이고 있는 곳이다.

실제로 그들은 여러 단체를 통해 끊임없이 세계를 잠식해 들어가고 있다.

또한 어제 서머싯 공작 말대로라면 그들은 약물과 각종 실험을 통해 급조된 초인을 만들었다고 했다.

그 의미인즉슨 그들은 인간을 초월한 무언가를 만들어 낼 수도 있는 것이다.

초인이라고 불리는 자들.

그들이 초능력자인 건지 아니면 신체적으로 우월한 것인지는 알 수 없지만 어쨌든 이야기만 놓고 보면 대단히 위험한 집단인 건 확실했다.

그런 그들을 르네상스는 어떻게 상대한 걸까?

하나같이 약골에 가까운 과학자 또는 학자들이다.

그들이 힘을 앞세운 일루미나티에 어떻게 저항한 걸까.

서머싯 공작은 건형의 질문에 미소를 지어 보일 뿐이었다.

"자세한 건 이야기해 줄 수 없습니다만 만약 그대가 우리와 손을 잡는다면 그때 이야기해 주겠습니다."

건형은 심사숙고 끝에 입을 열었다.

"조금 더 생각해 보겠습니다."

"이유를 들을 수 있을까요?"

"일루미나티를 다시 한 번 만나 볼 생각입니다. 그리고 그들과 대화를 조금 더 나눠 보고 싶군요."

서머싯 공작의 얼굴이 새까매졌다.

그가 놀란 얼굴로 다급히 말했다.

"완전기억능력자가 만약 일루미나티의 손아귀에 들어가면 그건 재앙이 될 겁니다. 그것만은 안 됩니다."

"그럴 생각은 없습니다. 사실 저는 어느 한쪽에도 어울리고 싶지 않습니다. 일루미나티나 로얄 클럽이나 르네상스나. 르네상스를 만나러 온 건 미스터 폴슨과 프로페서 잭슨이 원해서였죠."

"크흠. 일단 알겠습니다. 알버트는 만나 봤습니까?"

"아직입니다. 어제 알버트가 없다고 해서 만나 볼 수 없었습니다."

"그는 지금 회사 일 때문에 무척 바쁠 겁니다. 제가 리무진을 불러드릴 테니 그를 만나 보시죠. 그러면 해답이 어느 정도 나올 겁니다. 일루미나티와는 절대 손을 잡아서는 안 되는 이유도 나올 거고요."

"다시 한 번 말하지만 저는 일루미나티와 손을 잡을 생각이 전혀 없습니다."

"알겠습니다. 그 뜻은 존중합니다. 그럼 알버트와 한번 만나 보시죠."

건형이 고개를 끄덕였다.

얼마 지나지 않아 리무진이 도착했다.

건형은 리무진을 타고 알버트 헤지펀드로 향했다.

알버트 헤지펀드는 더 시티 오브 런던에서도 가장 비싼 빌딩에 자리를 잡고 있었다.

영국계 헤지펀드 중에서는 최고이며 세계에서도 손꼽히는 헤지펀드답게 이미 그 안은 사람들로 눈코 뜰 새 없이 바빴다.

그때 리무진이 도착하자 사람들의 시선이 그 차에서 누

가 내릴지 집중됐다.

그리고 키가 큰 동양인이 내리자 사람들이 고개를 갸웃거렸다.

"안에서 기다리고 계실 겁니다. 프론트 직원에게 폴슨님을 찾아왔다고 말하시면 됩니다."

문을 열어준 리무진 기사가 공손한 어조로 입을 열었다.

"고맙습니다."

건형은 곧장 알버트 헤지펀드 안으로 발걸음을 내디뎠다.

알버트 헤지펀드 빌딩 안에는 웬만한 모델 저리 가라 할 정도로 아름다운 여자가 프론트의 직원으로 있었다.

"어서 오세요. 무슨 일로 이곳을 방문하셨죠?"

"알버트 폴슨을 만나러 왔습니다."

"아, 혹시 미스터 팍 맞으신가요?"

"예, 맞습니다."

건형이 고개를 끄덕였다.

그러자 그녀가 반색하며 그를 잡아끌었다.

"이 엘리베이터를 타고 올라가시면 됩니다."

그러면서 그녀가 건넨 건 VVIP 카드였다.

건형은 혼자 엘리베이터가 내려오길 기다렸다.

수많은 직원들이 이용하는 엘리베이터와 다르게 그가 기다리고 있는 엘리베이터에는 아무도 가까이 오질 않고 있었다.

그때 엘리베이터가 도착했고 건형은 그 안에 탑승했다.

엘리베이터는 단출했다.

아무 버튼도 없었고 카드를 끼워 넣을 수 있는 빈 공간만이 있었다.

"왜 아무나 이 엘리베이터를 탈 수 없는지 알겠군."

이 VVIP 카드가 없이 타 봤자 아무 의미 없는 엘리베이터였다.

건형은 카드를 밀어 넣었고 그 순간 엘리베이터는 빠른 속도로 이 빌딩의 최상층으로 올라가기 시작했다.

순식간에 최상층에 도착한 건형은 엘리베이터에서 내렸다.

엘리베이터에서 내리자마자 보이는 건 벽 한쪽을 가득 채우고 있는 서재였다.

그 서재에는 별의별 책들이 꽂혀 있었는데 개중에는 돈을 주고도 구할 수 없는 희귀한 서적들도 있었다.

그리고 그 서재 반대편에 알버트 폴슨이 홀로 자리에 앉아 있었다.

"바쁘시다고 들었습니다."

"손님을 직접 찾아오게 해서 미안하군. 요새 일이 워낙 바빠서 말이야."

"괜찮습니다."

"서머싯 공작과는 이야기가 잘 안 된 모양이군. 나는 자네가 르네상스로 올 때부터 어느 정도 사전 합의는 끝났다고 생각했는데 말이야."

"태원 그룹의 주주총회를 다시 여는 것에 생각이 있으신 모양이군요."

"하하, 그렇게 들리나? 만약 내가 그렇게 한다면 어떻게 할 것인가?"

"뭐 있겠습니까? 바로 전쟁이죠."

건형이 섬뜩한 어조로 입을 열었다.

순간적으로 뻗어져 나오는 그 기세에 알버트 폴슨이 식은땀을 주르륵 흘렸다.

그가 세계적으로 유명한 알버트 헤지펀드의 대표이사라고는 하지만 건형과 맞붙고 싶은 생각은 솔직히 없었다.

건형.

그는 완전기억능력자이기 때문이었다.

알버트 폴슨이 식은땀을 흘리며 말했다.

"그렇게 급하게 나올 건 없지 않나?"

"르네상스의 힘을 동원한다면 저 하나 어찌하는 건 어렵지 않은 일 아닙니까? 뭘 그렇게 걱정하십니까?"

"그러나 완전기억능력자와 척을 지고 싶은 사람은 아무도 없지."

"제가 서머싯 공작에게 확답을 주지 않은 건 특별한 이유가 있어서라기보다는 조금 더 노선을 확실히 해야겠다고 생각해서입니다. 솔직히 말해서 저는 세 단체의 싸움에 끼어들 이유가 없죠. 일루미나티가 저를 껄끄럽게 여기고 있는 건 사실이지만 그들과 굳이 얽히지 않아도 되니까요."

"그렇군. 하긴 아직 자네는 그들에게 제대로 피해를 입어 본 적이 없으니까 그런 말을 할 수 있는 거겠지. 그러나 나라면 그런 생각은 버리겠네. 뒤늦게 후회한다면 아무 의미 없어지기 마련이지."

"무슨 의미시죠?"

"가족을 잃어 본 경험이 있다면 지금 내가 하는 말을 이해하게 될 거야. 어쨌든 나는 더 이상 태원에는 관여하지 않을 것이네. 그래도 자네를 알게 됐다는 것에 더 큰 의의를 두고 있으니까 말이야. 그렇지만 태원 그룹이 제대로 이익을 창출하지 못한다면 그때는 헤지펀드의 대표이사에 마땅한 일을 해야 되겠지."

"그럴 일은 없을 겁니다."

"일전에 말했던 차세대 에너지 산업은 어떻게 되었나?"

"생각 중입니다. 계속 진행할지 아니면 그만둘지 말이죠. 다만 누군가 좋은 후원자가 나타나면 해 볼 마음도 있긴 합니다."

"하긴. 사실 BP에서도 자네가 차세대 에너지 산업에 관심을 기울인다는 말에 상당히 경각심을 드러내곤 했지. 약간 관심도 있는 모양이더군. BP의 회장이 내 친구거든."

BP는 윌리엄 K. 다시가 1921년에 세운 영국의 정유 회사로 세계 3대 석유 회사로 손꼽히는 곳 중 하나다.

게다가 2000년 2월에는 세계 최대 규모의 정유 시설을 가지고 있는 아코(ARCO)를 흡수합병했고 세계 제2위의 민간 석유 회사로 발돋움하기도 했다.

매달 세계 에너지에 관한 보고서를 써내기도 하는데 근래 들어서는 상대적으로 위축된 움직임을 보이고 있긴 했다.

그것은 저유가 기조가 이어지면서 주가가 폭락하기 시작했고 주요 기업들은 그것에 발맞춰 투자를 줄이고 자산매각 계획을 내놓는 등 비용 절감 계획을 마련할 수밖에 없었다.

그 때문에 M&A도 눈에 띄게 줄어들었으며 수익성 악화를 견디지 못한 일부 중소기업들은 매물로 나올 것으로 예상되고 있었다.

이것은 2011년 이후부터 지속되어 온 움직임으로, 살아남기 위해 다각도로 변화를 모색하고 있는 것이었다.

투자는 줄이고 구조조정이나 자산매각을 함으로써 비용 절감에 무게를 둔다고 해야 할까.

실제로 2011년만 해도 영업 이익이 300억 달러에 달했던 BP는 그 수익성이 심각할 정도로 악화되었고 그로 인해 심해 Mad Dog 2단계 프로젝트를 잠정적으로 연기한 상태였다.

이렇게 각종 석유 회사의 수익성이 악화된 것은 국제유가가 하락한 게 결정적이었지만 에너지 산업에 대한 투자 양상이 바뀐 것도 단단히 한몫을 했다.

일정 수준의 수익성이 보장되어야만 투자가 이루어지는 풍조가 들어섰기 때문이다.

즉 사업성만 보는 게 아니라 그 비용 관리는 어떻게 할지 그것도 따지게 된 셈이다.

그래서일까.

중남미 신흥국들의 경제 사정도 악화되고 있는 중이었다.

저유가와 정치적으로 불안한 문제 때문에 뒤숭숭해진 상태였다.

그만큼 중남미 국가들은 석유 수출 의존도가 높기 때문이었다.

실제로 베네수엘라는 채무 상환을 위해서 금을 담보로 해서 현금을 조달해야 하는 실정이었고 브라질은 경기 침체의 늪에서 좀처럼 헤어나지 못하는 상태였다.

일각에서는 지금 경기 침체가 온 것에 대해 엄청난 우려를 표하고 있었다.

그럴 수밖에 없었다.

자유 시장 경제가 급속도로 무너지고 있었으니까.

경기 침체가 계속되면 계속될수록 무능한 정부에 대한 비판은 갈수록 심해질 테고 급기야 무정부 사태가 벌어질 수도 있으니까.

실제로 그리스, 스페인, 포르투갈 등 남유럽은 모라토리엄 상태에 직면에 있을 정도로 어려움을 겪고 있었다.

어쨌든 알버트 폴슨이 말을 이었다.

"그래서 그런가 BP의 회장이 자네를 만날 수 있게 해 달라고 하더군."

"BP 회장이 말입니까?"

건형은 의아한 얼굴로 알버트 폴슨을 쳐다봤다.

갑자기 BP 회장이 왜 자신을 만나고 싶어 하는지 그 이유를 듣고 싶었다.

알버트 폴슨이 웃으며 말했다.

"세계적인 천재이자 갓핸드인 자네를 만나서 조언을 구하고 싶다 하더군."

세계적인 금융 위기에 직면해 있는 상태다.

이런 시기일수록 천재에 대한 갈망은 더 높아지기 마련이다.

이른바 춘추전국시대라고 할까.

실제로 춘추전국시대에도 제자백가가 등장했고 수많은 천재들이 나타났다.

각 나라의 군주들은 그 수많은 천재들의 사상을 받아들이기 위해 그들을 머리를 조아리며 받아들였다.

지금 상황이 그때와 비교해서 별반 다를 게 없었다.

"어떻게 한번 만나보겠나?"

건형은 흔쾌히 고개를 끄덕였다.

나쁘지 않은 기회다.

여러 사람들과 두루두루 인맥을 쌓는다는 건 미래를 위해서도 좋은 일이다.

"좋군. 체스터는 사실 내가 자네를 만난다는 말에 반신반의했거든. 하하. 그 녀석 얼굴에 한 방 먹여 줄 수 있겠어."

"지금 가실 겁니까?"

"같이 점심이나 한 끼 하지. 어떤가? 출국 일정은 이미 잡았나?"

"아, 아직입니다."

"그럼 다행이군. 한 며칠 런던에 머물렀다가 가게. 르네상스의 다른 회원들도 자네와 조금 더 심도 있는 대화를 나누고 싶어 할 거야."

건형도 생각 같아서는 사실 그러고 싶었다.

그로서도 이런 기회는 흔하게 오는 게 아니니까.

문제는 장형철이었다.

강해찬 국회의원의 머리를 맡고 있는 장형철.

그가 또 어떤 꼼수를 쓸지 그게 걱정이었다.

그런 탓에 계속 국내 일이 신경 쓰이고 있었다.

늦어도 3~4일 안에는 국내로 들어갈 생각이었다.

건형은 알버트 폴슨과 함께 리무진을 타고 체스터 브로만 회장을 만나기 위해 BP가 있는 건물로 향했다.

영국 런던에 본사를 두고 있는 BP 역시 더 시티 오브 런던에 그 위치를 두고 있었다.

알버트 헤지펀드에서는 크게 멀리 떨어지지 않은 곳에 위치해 있었다.

BP 건물에 도착한 두 사람은 곧장 회장을 만나기 위해 엘리베이터를 타고 위로 올라가기 시작했다.

사람들은 알버트 폴슨을 보며 수군거리며 이야기를 나누고 있었다.

"사람들로부터 관심을 많이 받으시는군요."

"그럴 수밖에 없지. 이 위치에 있다 보면 당연히 그런 관심을 받게 되지. 자네도 한국에 있을 때 그런 일을 비일비재하게 겪었을 텐데. 아닌가?"

"뭐, 그렇긴 합니다."

건형은 얼마 전 일을 떠올렸다.

지현과 함께 근처 마트를 갔다가 사람들의 카메라 플래

시 세례에 다급히 마트를 빠져나온 적이 있었다.

대부분 지현을 연호하는 사람들이었지만 개중 몇몇은 건형을 목 놓아 부르기도 했었다.

건형으로서는 그 관심이 썩 달갑지 않은 게 사실이었다.

그러는 사이 엘리베이터는 순식간에 최상층에 도착했다.

이미 연락을 받고 나와 있던 체스터 브로만 회장이 알버트를 반갑게 맞이했다.

"알버트, 이 사람. 약속했던 대로 찾아와 줬군."

"하하, 내가 호언장담하지 않았나? 그래, 인사 나누게."

"커흠, 처음 뵙겠소. 체스터 브로만이오."

"박건형이라고 합니다."

"소문은 많이 들었소. 주식 투자의 귀재라고 하더군. 그러고 보니 내 재무회계를 맡고 있는 사람들이 그렇게 귀하를 보고 싶어 하더군. 하하."

건형은 체스터 브로만을 바라봤다.

190cm는 됨직한 듬직한 체구에 금발, 그리고 딱 벌어진 어깨.

알버트 폴슨과는 거의 상반된 느낌이었다.

알버트 폴슨이 약간 키가 작고 배가 나온 것에 비하면

체스터 브로만은 키도 크고 덩치도 있어 보였다.

전혀 상반된 두 사람을 보며 건형이 신기해할 때 체스터 브로만은 그런 시선을 많이 받았는지 너털웃음을 지으며 말했다.

"하하, 그렇게 이상하게 보는 게 이해가 되네. 어렸을 때부터 그런 눈빛을 많이 받아 왔으니까. 그러나 우리 둘은 어릴 때부터 각별하게 지냈던 친구라네. 그 우정은 지금도 변함없지."

"그렇군요. 혹시 제가 무례했다면 사과드립니다."

"아닐세. 그보다 우리 점심이나 먹으면서 이야기 나누는 건 어떻겠나? 내가 아침을 먹지 않았더니 무척 허기가 져서 말이야."

"괜찮은 곳이 있을까?"

알버트의 질문에 체스터 브로만이 웃으며 입을 열었다.

"걱정하지 않아도 되네. 이미 알렝 뒤카스의 레스토랑에 연락을 넣어 뒀어. 알렝은 흔쾌히 언제든지 오라고 하더군."

알렝 뒤카스라면 미슐랭 3스타에 빛나는 고급 레스토랑의 오너이자 유명한 프랑스 쉐프였다.

그의 가게는 하이드파크 인근에 있는 돌체스터 호텔 안

에 자리 잡고 있었다.

"그럼 지금 출발할까?"

"좋지. 미스터 팍도 괜찮겠나?"

"저야 언제든지 좋습니다."

"그럼 가자고."

체스터 브로만은 덩치 그대로 성큼 발걸음을 떼었다.

그리고 세 사람은 나란히 리무진에 탄 채 돌체스터 호텔을 향해 움직였다.

하이드 파크를 지나쳐서 돌체스터 호텔에 도착한 세 사람은 호텔 로비를 지나쳐서 알렝 뒤카스의 레스토랑에 들어섰다.

지배인이 정중하게 그들을 맞이했고 얼마 지나지 않아 소식을 받고 알렝 뒤카스가 직접 마중을 나왔다.

레스토랑을 찾은 손님들은 알렝 뒤카스가 다급히 나오는 모습에 살짝 놀라고 있었다.

그만큼 지금 레스토랑을 찾은 손님들이 대단히 부유하거나 혹은 대단히 명예로운 사람들이라는 걸 의미하는 거니까.

실제로 몇몇 사람들은 그들의 정체를 알아차린 듯 수군

거리길 멈추지 않고 있었다.

"어서 오게. 체스터. 그래, 갑자기 급한 일로 테이블을 잡아 달라고 한 이유가 무엇인가?"

"아주 귀중한 손님 두 분을 모셨네. 그래서 부랴부랴 자네한테 연락을 취할 수밖에 없었어. 이왕 런던에 오셨는데 가장 맛있는 요리를 대접하고 싶었거든."

"그런 것이라면 사양하지 않지. 알버트, 오랜만이군."

"그동안 잘 지냈나? 요새 워낙 정신없어서 레스토랑에 들르지도 못했군."

"괜찮네. 자네가 바쁜 건 다 알고 있는 사실이니. 그보다 옆에 계신 분이 손님인 거 같은데 누구신가?"

체스터 브로만이 몇 번 목소리를 가다듬은 다음 조심스러운 목소리로 입을 열었다.

"크렐레 저널에 리만 함수의 가설을 증명한 논문을 등재하신 분이지. 달리 갓핸드라고 불리고도 있고. 이 정도면 누군지 알겠지?"

"설마 동양의 현자, 미스터 팍 맞습니까?"

건형이 멋쩍게 웃으며 고개를 끄덕였다.

"반갑습니다. 미스터 팍입니다."

"오, 당신에 대한 기사를 며칠 전 본 적이 있습니다. 파이낸셜 타임즈 일면에 올라온 것이었죠. 동양의 현자가 세계의 경제를 좌지우지하고 있다는. 혹시 읽어 보셨습니까?"

"하하, 예. 읽어 봤습니다."

건형이 얼굴을 붉혔다.

파이낸셜 타임즈에서 쓴 그 기사는 약간 허황된 면이 적지 않게 있었다.

그렇지만 파이낸셜 타임즈는 건형을 매우 비중 있게 다루고 있었다.

실제로 그가 운용하고 있는 자금만 해도 지금 어마어마한 수준이었기 때문이다.

그것 때문에 미국의 대형 투자회사들도 속속 움직임을 보이고 있었다.

만약 건형을 자신 회사로 데려올 수만 있다면 회사에 날개를 달아 줄 수도 있을 테니까.

물론 그에게 얼마큼의 연봉을 제시해야 할지는 미지수였지만.

그야말로 금융 시장에서 지금 건형은 뜨거운 감자나 마찬가지였다.

누가 그 감자를 입에 넣을 수 있을지는 아무도 모르는

일이었고.

"제 레스토랑에 귀빈을 모시게 됐군요. 영광입니다. 안으로 들어오시죠."

알렝 뒤카스가 그들을 안내한 곳은 레스토랑에서도 가장 중심에 위치한 곳으로 그 자리에는 이미 모든 준비가 완료되어 있었다.

"편안하게 즐기시길 바랍니다."

그렇게 세 사람이 알렝 뒤카스가 직접 만든 요리를 기다리고 있을 때였다.

건형의 스마트폰이 울리기 시작했다.

건형은 두 사람에게 양해를 구한 뒤 레스토랑을 나와 전화를 받았다.

전화를 건 것은 바로 지혁이었다.

[큰일 났다.]

"무슨 일 있어요?"

[정인호 사장이 풀려났다.]

건형이 입술을 깨물었다.

장형철.

드디어 그자가 본격적으로 움직이기 시작한 것이었다.

＊　　　＊　　　＊

정인호가 풀려났다.

충격적이었다.

벌써부터 상상이 그려졌다.

태원 그룹이 어떤 상황에 처하게 될지.

건형이 물었다.

지금 서울 시간은 저녁 열 시 정도 됐을 것이다.

태원 그룹은 이 사실을 알고 있을까?

"태원 그룹도 이 사실을 알고 있어요?"

[아직 모를 거야. 지금 검찰에서 극비리에 움직이려고 하는 걸 포착해 낸 거였으니까.]

"언제 풀려나는 거죠?"

[내일. 대통령령에 의해 사면되는 걸로 될 거야. 그 죄질이 무겁지만 사회적인 공헌도가 높고 그동안 비슷한 죄를 치르지 않은 점 등을 감안해서 결정되겠지.]

"징역형을 확정 지은 원심 판결을 무시하고 집행유예로 돌릴 수 있다는 거네요."

[충분히 가능하지. 어떻게 할래? 늦어도 이틀 안에는 돌아오는 게 나을 거 같은데? 자칫 잘못했다가 이리저리 안

좋게 얽히게 되면 태원 그룹도 함께 망가질지 몰라.]

"예. 그렇게 할게요."

[지금 어디야?]

"알랭 뒤카스의 레스토랑에 와 있어요."

[뭐? 거기 미슐랭 3스타 아니야? 되게 비쌀 텐데. 르네
상스에서 사 준 거냐?]

"하하, 아뇨. 알버트 폴슨 기억하죠?"

[응. 그 알버트 헤지펀드 대표이사잖아. 그 사람이 산 거
야?]

"아, 알버트 폴슨이 저한테 BP의 회장을 소개시켜 줬거
든요. 둘이 동갑내기 친구라고 하더라고요. 어쨌든 그 사
람이 또 알랭 뒤카스와 친구인 거 같아요. 그래서 같이 오
게 됐어요."

[부럽다. 알랭 뒤카스의 레스토랑도 다니고.]

"형도 나중에 함께 오죠. 형 여자친구 생기면 부부 동반
여행 비슷하게. 어때요?"

[지금 솔로 염장 지르는 거냐?]

"아니에요. 여하튼 고마워요. 정 팀장한테도 말해 둬야
겠어요. 정 회장한테도 알려야 할 거 같고."

[정 회장님한테는 내가 말씀드릴 테니까 네가 정 팀장한

테 연락해 둬. 태원 그룹도 대처할 시간이 필요할 테니까.]

"예, 알았어요."

전화를 끊고 난 뒤 건형은 지수한테 전화를 걸었다.

아직 잠에 들 정도로 늦은 시간은 아니었다.

얼마 지나지 않아 지수가 전화를 받았다.

그런데 목소리가 살짝 잠긴 게 술을 마시고 있는 모양이었다.

"정 팀장님, 지금 어디예요?"

[아, 박 실장님이시구나. 어쩐 일이세요? 이 시간에 전화를 다 주시고. 여자친구한테 전화해야 하는 거 아닌가요?]

"그게 문제가 아닙니다. 지금 중요한 일이 생겼습니다."

[무슨 일인데요? 그게 그렇게 중요해요? 네?]

건형이 살짝 얼굴을 찡그렸다.

아무래도 단단히 술에 취한 모양이었다.

"휴, 내일 다시 전화 걸겠습니다. 그때 이야기 나누도록 하죠."

[저기요. 잠깐만요. 지금 전화 끊지 마요. 알았어요?]

"내일 통화하죠. 지금 정 팀장님 술 취해서 제정신이 아닌 거 같은데 내일 이야기합시다."

[됐어요. 저는 지금 이야기해야겠어요. 박 실장님. 솔직히 속으로 저 많이 비웃으셨죠?]

"그게 무슨 말이죠?"

[제가 예전에 리츠 칼튼에서 실장님 비웃었잖아요. 실장님 같은 초짜 데려다가 뭘 맡기겠냐고. 기억도 안 나시는 거예요? 아니지. 그 많은 걸 며칠 만에 다 정리해서 국세청을 물 먹이신 분인데 까먹으셨을 리가 없지. 안 그래요?]

"휴, 하고 싶은 말이 뭡니까?"

건형이 한숨을 길게 내쉬었다.

도대체 그녀가 무슨 말을 하려는 건지 이해가 가질 않았다.

그녀가 자신을 좋아할 확률은 0%에 가까웠다.

그나마 최근 들어 전략 기획실에서 함께 일하게 되면서 돈독해졌을 뿐 여전히 그녀는 자신을 불편해하고 있었다.

그때 그녀가 울먹이는 듯한 목소리로 말했다.

[계속 그렇게 모른 척할 거예요? 그럴 거냐고요!]

"도대체 무슨……."

[됐어요. 말하기 싫어요. 안 말할 거예요.]

아무래도 그녀의 술버릇도 조금 남다른 듯했다.

"잘 주무세요. 내일 다시 연락드리죠."

[그동안 실장님 무시했던 거 미안해요. 그리고 좋아……
꺄악, 뭐하는 거예요!]

[아가씨, 슬슬 집에 돌아가셔야 할 거 같습니다. 회장님
께서 많이 걱정해하고 계십니다.]

[이거 놔요. 놓지 못해!]

그러나 건형은 그 자리에 굳어진 채 좀처럼 전화를 끄지
못하고 있었다.

방금 전 정지수가 자신한테 마지막에 하려고 했던 말.

그 어감이 영 께름칙했기 때문이다.

'혹시 그녀가?'

건형은 고개를 설레설레 저었다.

그때 자신의 능력이 다른 사람의 마음을 강제적으로 조
종할 수 있다는 것을 알게 된 이후 건형은 최대한 능력을
쓰는 걸 자제하고 있었다.

완전기억능력은 사실상 패시브 스킬이나 다름없지만 이
능력은 액티브 스킬이었다.

완전기억능력과 다르게 자신의 의지 여하에 따라 그 능
력을 제한할 수 있다는 이야기였다.

아예 쓰지 않는다면 애초에 영향을 미칠 수도 없다.

그런데 지금 지수의 행동은 아무리 봐도 이상했다.

'혹시…….'

만약 이 능력이 스스로 진화하고 있는 것이라면?

그래서 자신도 모르는 사이 지수의 마음을 훔쳐 온 것이면 어떻게 해야 할까.

물론 지수가 그냥 단순히 자신을 좋아하게 된 것일 수도 있지만 건형 생각에 그럴 확률은 거의 존재하지 않았다.

여태껏 해 온 게 있었기 때문이다.

하다못해 어느 정도 낌새라도 있어야 하는데 그런 것도 없었다.

'돌아가면 이것도 알아봐야겠군.'

점점 더 골치 아픈 일이 하나둘 늘어나고 있었다.

결국 건형이 레스토랑에 돌아온 건 삼십여 분이 지난 뒤였다.

"죄송합니다. 제가 급한 일이 있어서 결례를 범했습니다."

"괜찮네. 일단 자리에 앉지. 알랭한테는 자네가 급한 일이 있어서 자리를 비웠다고 요리를 약간 늦게 내올 수 있냐고 부탁해 뒀다네. 원래 알랭은 절대 그럴 사람이 아니지만 자네이기 때문에 특별히 그렇게 하겠다고 했지."

"그렇습니까?"

알랭 뒤카스.

세계적으로 명망 있는 쉐프다.

어떻게 보면 자신은 소중한 그의 시간을 빼앗은 셈이다.

그때 건형이 돌아온 것을 들었는지 알랭 뒤카스가 손수 만든 아뮤즈 부쉬를 가지고 나왔다.

"아뮤즈 부쉬입니다. 애피타이저를 드시기 전 입맛을 돋우는 데 여러모로 좋을 겁니다."

"죄송합니다, 미스터 뒤카스. 개인적인 일로 인해 무례를 범했습니다."

"괜찮습니다."

알랭 뒤카스는 부드럽게 미소를 지어 보일 뿐이었다.

"다른 두 분께도 사과드립니다."

"하하, 괜찮네. 약간 허기지긴 했지만 중요한 통화인 듯한데 그 정도는 양보해 줘야지."

"나 역시 괜찮다네. 그보다 우리 알랭이 가져 온 아뮤즈 부쉬부터 먹어 보도록 할까? 언제 봐도 이 플레이팅은 정말 근사하기 이를 데 없구먼."

"하하, 고맙군. 미스터 팍도 즐거운 식사가 되길 바라겠습니다."

그 이후 알랭 뒤카스가 코스 요리를 선보이기 시작했다.

레스토랑의 다른 손님들도 눈을 휘둥그레 뜰 만큼 알랭 뒤카스가 선보인 요리는 화려함, 그 자체였다.

얼마나 공을 들였는지 마치 살아 움직일 것처럼 음식들이 윤기를 자르르 발하고 있었다.

그렇게 디저트까지 해서 입가심을 한 뒤 세 사람이 자리에서 일어났다.

한 시간 삼십여 분 동안 마치 구름 위를 걷는 듯한 기분이었다.

그 정도로 알랭 뒤카스가 혼신을 기울여 선보인 요리는 천상의 맛 그 자체였다.

레스토랑을 떠나기 전 건형은 알랭 뒤카스를 찾아갔다.

그에게 고마움을 표하고 싶었다.

"미스터 뒤카스, 정말 고맙습니다. 오늘 저는 천국의 맛을 본 거 같았습니다."

"당신의 칭찬이라니. 저야말로 영광이었습니다."

"다음번에는 여자친구와 함께 들르도록 하겠습니다."

"언제든지 환영합니다. 그러면 다음번에 또 뵙겠습니다."

"아 비앙또."

"오 흐브아흐."

프랑스인인 알랭 뒤카스를 위해 프랑스어로 작별 인사를 나눈 뒤 건형은 BP회장인 체스터 브로만과도 악수를 주고 받았다.

"오늘 레스토랑에서 유익한 대화를 나눌 수 있게 돼어 즐거웠네."

"저 또한 마찬가지였습니다."

"언제든지 런던을 찾을 일이 있게 되면 한 번 더 들러 주게나. 그리고 차세대 에너지, 그것에 대해서도 긴히 이야기를 나눠 봤으면 싶군."

"그러나 BP는 석유 회사가 아닙니까?"

"석유 회사이긴 하나 크게 보면 우리 역시 에너지 회사지. 그리고 더 큰 성장 가능성이 있는 에너지라면 개발하지 않을 이유가 없지. 가뜩이나 유가가 하락하면서 석유 업체들이 하나같이 줄지어 도산 중인 상황이라서 말이야."

"좋습니다. 조만간 실무진을 보내 보도록 하겠습니다. 실무진끼리 미팅을 해서 좋은 결과를 도출해 냈으면 좋겠군요."

"여부가 있을까. 즐거웠네. 알버트, 자네 덕분에 정말 좋은 인연을 맺게 됐군."

"그러면 언제 술이라도 한 잔 사게."

"물론일세."

체스터 브로만도 떠나고 난 뒤 알버트 폴슨이 물었다.

"아까 전 급한 전화가 온 거 같던데 태원 그룹의 일인가?"

"그렇습니다."

"무슨 일인지 물어봐도 되겠나?"

어차피 알버트 폴슨도 태원 그룹의 대주주다.

게다가 내일 이미 언론을 통해 대서특필될 내용이다.

굳이 하루 일찍 알려 준다고 해서 문제 될 일은 없을 터였다.

"정부에서 정인호 사장을 사면하기로 했습니다. 정찬수 부회장이 정인호 사장의 징역형이 과하다고 항소를 냈고 바로 2심에서 그 항소를 받아들여서 징역형을 취소하고 집행유예를 내렸더군요."

"대단하군. 가끔 대한민국이라는 나라를 보면 이상할 때가 있어. 윤리의식이 그렇게 투철하면서 또 어느 때에는 그 윤리의식을 사정없이 깡그리 무너트리곤 하지. 정 사장이 태원으로 돌아오면 치열한 집안싸움이 일어나겠군."

"예. 그래서 시급히 귀국해 봐야 할 거 같습니다."

"서머싯 공작 각하는 못 보고 돌아가겠군."

"원래는 이틀 정도 더 머무를 생각이었지만 그럴 시간적인 여유가 없을 거 같군요."

건형이 비행기를 타고 인천국제공항에 입국할 때쯤이면 이미 조간 일보에 정인호 사장이 정찬수 부회장의 항소 덕분에 징역형을 면하게 됐다는 이야기가 파다하게 떠돌 게 분명했다.

그럴 경우 이익을 보는 건 정인호 사장.

손해를 보는 건 태원 그룹이다.

친아들을 징역형을 살게 하면서까지 깨끗한 이미지를 고수하려면 태원 그룹이었는데 그게 일시에 박살 나 버린 셈이니까.

결국 그것이 더 커져서 집안싸움으로 번지기 전에 건형이 그것을 막아야 했다.

그때 알버트 폴슨이 입을 열었다.

"알버트 헤지펀드는 중립을 지킬 거네. 나 개인은 자네를 돕고 싶지만 헤지펀드의 대표이사로서 최대한 수익을 창출해야겠지. 명심하게. 만약 정 사장이 다시 일선에 복귀한다면 주주총회를 열 것이네."

건형이 고개를 끄덕였다.

그 후 그는 노먼에게 간단히 연락만 한 뒤 대한민국으로 돌아갈 수 있는 제일 빠른 비행기 표를 끊었다.

이제는 시간 싸움이었다.

Chapter. 07

　대한민국에 도착한 건 오후 두 시 무렵이었다.

　그가 도착하자마자 스마트폰에 불이 날듯 온갖 전화가
쏟아졌다.

　문자도 수백 통이 쌓여 있었다.

　건형은 무슨 내용이 나왔는지 빠른 속도로 확인해 보기
시작했다.

　지혁과 지현 등 두 사람은 물론 그 외에도 곳곳에서 연락
이 와 있는 상태였다.

　한 가지 지수한테서만 연락이 없었다.

'어제 그 일 때문인가 보군.'

술에 취해 자신한테 전화를 걸었던 것.

아마 그것 때문에 연락을 하지 못하고 있는 모양이었다.

'공과 사는 구별해야 하는 건데.'

어쨌든 건형은 일단 지혁에게 전화를 걸었다.

건형이 가장 의지할 수 있는 상대는 현재로서는 지혁이
었다.

그와 건형은 어떻게 보면 운명공동체나 마찬가지니까.

얼마 지나지 않아 지혁이 전화를 받았다.

[야, 너 어디냐?]

"저 지금 공항이에요. 이제 곧 출국장 지나요."

[출국장 나올 때 조심해. 기자들 쫙 깔렸다.]

"정인호 사장 풀려나온 거 때문에 그런 모양이죠?"

건형도 비행기에서 내리자마자 정인호 사장이 풀려났다
는 걸 곧장 확인할 수 있었다.

이미 공항 곳곳에 설치되어 있는 텔레비전에서 그것을
속보로 계속해서 다루고 있었기 때문이다.

진보권 진영에서는 정부의 친기업 정책을 강하게 비판하
고 있었고 보수 진영에서는 말을 아끼고 있었다.

국민적인 여론은?

당연히 좋지 않은 상태였다.

어차피 부자는 거기서 거기라며 엄밀히 따지면 태원 그룹에서 은밀히 손을 쓴 게 아니냐는 이야기도 있었다.

그러면서 정용후 회장이 표리부동한 사람이다, 라는 주장도 힘이 실리는 중이었다.

특히 보수 언론에서 그것을 대서특필하고 있었다.

'이미 장형철이 언론 플레이도 시작했군.'

장형철이 바라는 바는 그것이다.

정용후 회장의 도덕성에 흠집을 내는 것.

그러기에는 정인호 사장을 사면시키는 게 최고의 한 수였을 터다.

정인호 사장은 정용후 회장의 아들인 데다가 장차 태원 그룹을 물려받을 황태자였으니까.

국민적인 여론을 염두에 두고 잠시 징역형을 살게 했다가 대통령에게 특별히 요구해서 사면을 받게 했다는 그런 썰이 지배적이었다.

몇몇 보수 언론에서도 그것을 지속적으로 이야기하면서 은연중에 세뇌시키는 중이었다.

처음에야 믿지 않을 수도 있지만 한두 번, 그러다가 여러 번 듣다 보면 그게 귀에 익게 되고 자연스럽게 그게 사실인 것처럼 믿게 되는 것이다.

"어떻게 그거 막을 수 없어요?"

[공중파하고 케이블을? 막는다고 해 봤자 잠깐이야. 해킹할 수도 없고 뭐 딱히 할 수 있는 게 없어. 지금 상황에서는 정용후 회장님은 정인호 사장의 사면과 아무 관련이 없다, 라고 이야기하는 방법뿐이야.]

"설령 그렇게 한다고 해도 믿는 사람이 없겠죠. 아무래도 부자지간이니까요."

[그럴 가능성이 높지. 그래도 해 볼 만큼 해 봐야 하지 않겠어?]

"형은 자료를 모아 줘요. 정찬수 부회장을 시켜서 사면을 받게 했을 가능성이 높아요. 형식적인 재판이었을 테고요."

[아마 그렇겠지?]

"검찰하고 법원, 다 조사해 주세요. 어떤 식으로 공판이 이뤄졌는지 그리고 어떻게 형량을 줄였는지. 그런 것들 전부 다요. 그밖에 정찬수 부회장하고 강해찬 국회의원하고 만났던 것들, 정인호 사장한테 강해찬 국회의원이 사람을 보냈던 것. 그런 것들까지 다 확인해서 알아봐 주셨으면 해요."

[알았어. 너는 어떻게 하려고?]

"저는 일단 공항부터 빠져나가야죠. 그리고 곧장 태원

그룹으로 가야겠어요. 정용후 회장부터 만나 봐야 할 것 같아요."

[차세대 에너지는 어떻게 됐어?]

"르네상스는 자신들과 한배를 타야지만 도움을 주겠다고 했고. 그런데 BP에서 뜻밖의 제안을 해 왔어요. 차세대 에너지 개발에 관해서 관심이 있다고 하더군요."

[BP가? 개네는 석유 회사잖아.]

"그런데 요새 유가가 워낙 낮은 데다가 석유 회사들이 줄지어 도산하고 있다 보니 그것 때문에 그런 모양이에요. 어쨌든 자세한 이야기는 나중에 만나러 가서 할게요."

[그래. 태원 그룹 일 잘 처리해라.]

건형은 통화를 끝냈다.

그리고 정지수한테 전화를 걸었다.

신호음이 몇 차례 울렸다.

그러나 그녀는 좀처럼 전화를 받지 않고 있었다.

'설마 출근도 안 한 건 아니겠지?'

건형이 한숨을 살짝 내쉬었다.

그는 정지수한테 전화를 거는 걸 멈추고 곧장 정용후 회장한테 전화를 걸었다.

얼마 지나지 않아 그가 전화를 받았다.

그의 목소리는 상당히 무거워져 있었다.

[박 실장, 어디인가?]

"인천국제공항입니다. 정인호 사장이 사면됐다고 들었습니다."

[사면보다는 우리 측이 항소를 했고 그게 받아들여져서 징역형 대신 집행유예를 살게 된 것뿐이지. 나는 그게 대통령이 강해찬의 요구를 받아들여 사면한 것이라고 생각하지만 국민 대다수는 그것을 믿지 않겠지.]

정용후 회장의 집안은 대대로 독립운동을 해 왔던 곳이다.

정용후 회장 역시 일제강점기 시절 독립운동 자금을 지원하며 여러모로 대한민국에 애정을 쏟았고 그 후에도 단한 번도 부끄러운 일을 하며 재물을 축적한 적은 없었다.

그야말로 최영 장군처럼 하늘을 우러러 한 점 부끄러운 것 없던 사람이다.

그런 정용후 회장이 유일하게 흠으로 생각하는 게 있다면 둘째 아들 정인호다.

큰아들 내외가 지수만을 남겨 놓고 비행기 사고로 사망했을 때 그는 정인호를 자신의 후계자로 생각하고 제왕학을 가르치기 시작했다.

그때 그가 가장 중점적으로 가르쳤던 건 다른 게 아니었다.

노블리스 오블리주

그리고 양심.

이 두 가지였다.

그렇지만 그가 와병을 핑계로 저택에 누워 있는 사이 정인호 사장은 그가 바라던 기업가가 아닌 탐욕스럽고 자기 잇속만 챙기는 그런 사람으로 뒤바뀌어 버린 셈이었다.

게다가 지금 그 정인호 사장이 풀려나게 생겼다.

그동안 정용후 회장 집안을 자랑스럽게 여겼던 국민들이 등을 돌리는 모습에서 그가 얼마나 큰 상처를 받게 될지는 보지 않아도 뻔히 알 수 있는 상황이었다.

[빨리 돌아오게. 해야 할 이야기가 많네.]

"그보다 정 팀장님은 출근하지 않았습니까?"

[지수? 그 아이는 오늘 출근하지 않았네. 몸이 아프다고 나올 수가 없다고 하더군. 어젯밤 무슨 일이 있던 모양인데. 그렇게 술을 많이 먹고 온 건 정말 오랜만이었지.]

"알겠습니다, 회장님. 그러면 있다가 본사에서 뵙겠습니다."

[그러게나.]

건형은 전화를 끊고 난 뒤 정지수의 휴대폰 번호를 바라봤다.

연락을 해야 할까 말까.

곰곰이 고민하던 건형은 연락을 하지 않기로 했다.

일단 그녀한테 시간을 주는 게 맞을 듯했다.

아직 그녀의 감정이 확실한지 불확실한지 알 수 없는 상황.

그러나 설령 자신을 향한 그녀의 감정이 맞는다고 한들 건형은 그것을 어떻게 할 수 없었다.

그녀가 지금 하고 있는 건 짝사랑이니까.

인천국제공항 앞은 기자들로 바글거리고 있었다.

해외를 떠나는 혹은 해외를 나갔다가 돌아온 사람들은 수많은 기자들로 북적이는 출국장을 보며 도대체 누가 입국하길래 이 정도 인파가 몰린 것인지 궁금해하고 있었다.

"무슨 배우가 왔나?"

"글쎄. 그런데 아이돌은 아닌 모양인데? 팬클럽이 아무도 안 왔잖아."

몇몇 이름 있는 아이돌 같은 경우 팬클럽이 종종 공항에 나오는 경우가 있다.

찍사 때문이다.

차 한 대 값은 할 거 같은 카메라를 들고 셔터를 누르는 사람도 많다.

그런데 특이하게 그런 사람은 보이질 않았다.

그 대신 공항에 자리 잡은 건 수많은 기자들, 개중에서 경제부 명찰을 단 기자들도 눈에 띄었다.

'경제부?'

결국 호기심을 이기지 못한 한 사람이 기자에게 슬쩍 다가가서 물었다.

"오늘 누구 유명한 사람이 옵니까?"

"아, 태원 그룹의 박 실장이 영국 출장 후 귀국해서 이렇게 모여들 있는 겁니다."

그가 물어본 기자는 까탈스러운 기자가 아니었고 금방 그 질문에 대답을 해 왔다.

"박건형이라면 그 주식 부자 말하는 겁니까?"

"하하, 뭐 그것도 틀린 말은 아니네요. 지금 세계에서 세 손가락 안에 들 정도로 부유하다는 이야기도 있으니까요."

"캬, 대단하네요."

"아, 저기 들어오네요. 지금 일해야 해서. 죄송합니다."

기자에게 은근슬쩍 질문을 던졌던 사내는 출국장을 통해

들어오는 사내를 쳐다봤다.

배우 못지않은 기럭지에 훤칠한 외모, 그리고 딱 봐도 비싸 보이는 명품 옷들까지.

"와, 누가 보면 배우인 줄 알겠네."

그때 기자들이 건형한테 몰려들었다.

그들이 궁금해하는 건 하나뿐이었다.

태원 그룹의 일.

정인호 사장이 2심에서 집행유예를 선고받은 것.

그것에 대해 어떻게 생각하는지.

그리고 정인호 사장의 향후 행보에 관해서.

이것들에 관한 질문이 지배적이었다.

건형은 모든 질문에 노코멘트하며 공항을 빠져나갔다.

기자들이 그 뒤를 부리나케 달라붙었다.

"박건형 씨, 이야기 좀 해 주시죠. 태원 그룹은 이 일에 대해 노코멘트하고 있는데요. 태원 그룹에서 정말로 힘을 썼다고 보면 되는 겁니까?"

"정용후 회장의 지시가 있었습니까?"

"런던에 갔다 온 건 이 일에 휘말리게 하지 않으려고 정용후 회장이 일부러 지시한 것이라고 하던데 사실이십니까?"

"정찬수 부회장이 정인호 사장을 특별히 여러 차례 챙겼다던데 태원 그룹 내부에 분열이 일어나는 거 아닙니까?"

건형은 아무것도 대답하지 않은 채 인천국제공항 주차장에 주차해 뒀던 스포츠카에 올라탄 다음 곧장 공항을 빠져나갔다.

닭 쫓던 개 신세가 된 기자들은 얼굴을 일그러트렸다.

"에이, 뭐 하나 건지지도 못했네."

"진짜 정 회장이 사주한 거 맞아? 그럴 거면 뭐하러 징역형을 살게 하겠어."

"기업 이미지 때문이겠지. 정인호 사장 어디 있는지 이야기 들었어?"

"몰라. 교도소 나오자마자 무슨 리무진이 한 대가 오더니 데려갔다던데? 정 회장 아니야?"

"글쎄. 정찬수 부회장일 수도 있지. 요새 태원 그룹 내부가 말이 많잖아. 구조조정 본부 없애고 전략 기획실 새로 만들면서 정찬수 부회장이 나가리됐거든."

"이러다가 기업 쪼개지는 거 아니야?"

"뭐 그거야 지켜볼 문제고."

태원 그룹이 복잡하게 얽혀 갈 무렵.

교도소에서 나온 정인호 사장은 강해찬과 독대 중이었다.

"저를 도와주셨다고 들었습니다. 감사합니다. 의원님."

"허허, 내가 한 일이 뭐 있다고. 다 정 부회장이 한 일이지."

"저도 눈이 있고 귀가 있습니다. 의원님."

"좋군. 그래, 그러면 내가 무엇을 말하려고 하는지 알겠군."

"태원 그룹의 지분, 아닙니까?"

강해찬이 고개를 저었다.

"그깟 지분, 필요 없네. 나는 돈에 얽매이지 않아. 내가 바라는 건."

강해찬이 목소리에 힘을 줬다.

그리고 그가 독사 같은 눈빛으로 정인호를 바라보며 입을 열었다.

"나한테 충성을 바칠 수 있는 사람이지."

*　　　*　　　*

정인호는 침을 꿀꺽 삼켰다.

확실히 이 사내는 위험하다.

욕심이 있는데 절제할 줄 안다.

그리고 사람을 다룰 줄 알고 있다.

'잘못하면 잡혀 먹힐지도 몰라.'

그러나 정인호한테 선택권은 주어져 있지 않았다.

그가 선택할 수 있는 건 두 가지다.

이대로 강해찬 의원에게 협력하거나.

아니면 대법원까지 간 뒤 징역형을 다시 살게 되거나.

이미 강해찬은 삼권분립을 무시할 수 있는 수준에 와 있다.

검찰청도 그의 수족에 있고 대법원장도 그를 지지하고 있다.

정인호로서는 달리 방법이 없었다.

"충성을 바치겠습니다. 의원님."

"좋군. 내가 원하는 자세야. 그럼 우리 무거운 이야기도 끝났으니 가볍게 즐겨 볼까?"

"예?"

"여기가 어디인 줄 아나?"

"글쎄요."

강해찬이 그를 데려온 곳은 그가 종종 찾는 요정이었다.

그 이름을 아는 사람도 극히 드문.

그야말로 상위 0.01% 정도나 이용할 수 있는 그런 고급 요정.

이 요정을 찾는 손님도 흔치 않다.

검찰총장, 국세청장, 대기업 회장, 이 정도 급은 되어야 이곳에 올 수 있다.

부장검사도 쉽게 오지 못하는 게 바로 이곳이다.

이곳은 오로지 강해찬이 지배하는 왕국이다.

"애초에 별장에서 그랬다는 거 자체가 꼬리가 밟히기 쉬운 일이었지. 앞으로는 이곳을 종종 이용하게나. 여긴 내 휘하에 있는 곳이니까."

강해찬이 박수를 가볍게 한 번 치자 혼을 빼놓을 정도로 아름다운 여인이 조심스럽게 안으로 들어왔다.

"의원님, 부르셨습니까?"

"앞으로 새로 내 휘하에 들어오게 된 사람이야. 자네가 잘 대접하도록."

"여부가 있겠습니까? 정인호 사장님, 저는 이 가게의 마담 양수진이라고 합니다."

깍듯이 고개를 숙여 보이는 그 기품 있는 모습에 정인호는 침을 꿀꺽 삼켰다.

그때 몇몇 사람들이 요정 안으로 들어오기 시작했다.

국세청장, 검찰청장은 물론 국내에서 내로라하는 권력가들이 이 자리에 모였다.

그들만이 아니었다.

오성 그룹의 부회장도 이 자리에 함께했다.

"강 의원님, 그간 강녕하셨습니까?"

"그래, 부친은 어떠신가?"

"아직도 의식을 회복하지 못하셨습니다. 아버님께서 의원님을 무척 보고 싶어 하실 겁니다."

"하하, 그래도 자네가 왔으니 한결 마음이 놓이는군. 여기 와서 앉지."

"어, 정 사장님이 아니십니까?"

정인호도 멋쩍게 고개를 끄덕여 보였다.

이 자리에 모습을 드러낸 건 지금 병상에 오늘내일하는 오성 그룹 회장이 아니라 장차 오성 그룹을 물려받을 첫째 아들이었다.

널찍한 방에 사내들이 여럿 찼다.

그러나 그것도 잠시 양 마담의 지시 아래 속속 젊은 여자들이 안으로 들어오기 시작했다.

하나같이 미모가 출중했다.

그때 정인호가 눈을 휘둥그레 떴다.

개중 몇몇은 브라운관에서도 볼 수 있는 미모의 여배우였다.

수십여 개의 CF를 찍었고 연예계에서도 퀸으로 불리고 있는 그 여배우가 강해찬 옆에 살며시 자리하고 있었다.

자신은 고작 이제 막 데뷔한 신인 아이돌 그룹의 여자아이 한 명을 어떻게 하려다가 징역살이를 하게 됐는데 강해찬은 아무렇지 않은 손길로 그 여자를 쓰다듬고 있었다.

'이왕 그와 함께하기로 했다면…… 차라리 그처럼 되는 게 낫겠지.'

정인호는 강해찬을 바라보며 마음을 굳게 다잡았다.

이왕 아버지가 원하는 것과 정반대의 삶을 살게 된다면 더욱더 삐뚤어질 생각이었다.

그가 원하는 건 권력과 재물이었지 수도승 같은 삶이 아니었기 때문이다.

정인호가 출소한 뒤 강해찬을 만나고 있는 동안 건형은 태원 그룹 지하 주차장에 차를 대고 있었다.

건형이 주차를 마치고 엘리베이터가 내려오길 기다리고 있을 때였다.

저 멀리서 또각또각거리는 하이힐 소리가 들렸다.

게다가 약간 흐트러진 호흡 소리까지.

건형은 그 발걸음에 누군지 살짝 짐작이 갔다.

'정 팀장?'

그리고 얼마 지나지 않아 상대방이 모습을 드러냈다.

짧은 미니 스커트에 짙게 화장칠을 한 모습.

이색적인 모습이었다.

그전까지만 해도 그녀는 웬만해서는 몸매를 드러내는 옷을 선호하질 않았다.

무릎 바로 위까지 올라오는 긴 스커트에 최대한 노출을 하길 꺼려 했었다.

그런데 지금 자신이 보고 있는 정지수의 모습은 그와는 전혀 딴판이었다.

"오랜만이에요, 정 팀장님."

건형이 런던에 갔다 온 지 이제 나흘이 지나는 날이다.

불과 나흘.

그래도 무언가 오랜만에 보는 것 같은 기분이 들었다.

이틀 전 그녀와 나눈 통화가 귓가에 아직도 어른거리고 있었다.

반면에 정지수는 놀란 얼굴로 그 큰 눈을 껌뻑이며 건형을 바라보는 중이었다.

'거, 건형 씨?'

정지수의 양 볼이 새빨개졌다.

건형이 그런 지수를 보며 멋쩍게 말했다.

"엘리베이터 내려왔는데 안 탈 거예요?"

"아, 아니요. 타, 타야죠."

지수가 더듬거리며 엘리베이터 안에 조심스럽게 발을 들여놓았다.

꽤 높은 굽의 하이힐을 보며 건형이 슬며시 물었다.

"발 안 아프세요?"

"괘, 괜찮아요."

"평소와 복장이 좀 다르네요. 예전에는 이렇게 달라붙는 옷 싫어하지 않으셨나요?"

"그, 그게 그러니까……."

결국 그녀는 양 볼에 양 귀까지 빨갛게 물들였다.

그 뒤 건형도 더 이상 아무 말도 할 수 없었다.

딱히 꺼낼 말이 없어서였다.

그때 지수가 조심스럽게 말을 꺼내려 했다.

"저 박……."

그런데 엘리베이터가 띵동 울리더니 멈춰 섰다.

지상 1층.

앞에는 몇몇 직원들이 엘리베이터 안을 바라보고 있었다.

그러나 문이 닫히고 아무도 엘리베이터에 타지 못했다.

건형보다 살짝 뒤에 서 있던 지수가 눈에 살기를 담은 채 그들을 노려보고 있어서였다.

"아무도 안 타네요. 엘리베이터 기다리고 있던 게 아니었나 봐요."

"호호. 그, 그러게요."

지수는 약간 어색한 얼굴로 조심스럽게 대답할 수밖에 없었다.

"그러면 먼저 사무실로 들어가 봐요. 저는 회장님 좀 만나 보고 가야겠어요."

"저도 지금 회장님 만나 뵈러 가는 길이어서⋯⋯."

"아, 그래요? 그러면 같이 가죠."

정용후 회장은 건형과 지수가 함께 들어오자 의아한 얼굴로 물었다.

"응? 두 사람이 어떻게 함께 들어왔지?"

"아, 아래 지하 주차장에서 만났습니다."

"그렇군. 어쨌든 한번 이야기를 해야 할 일이었으니 상관없겠지. 일단 인호 녀석이 풀려난 건 들었을 테고 회사 상황이 여러모로 안 좋게 흘러가는 것도 잘 알 걸세. 그것을 어떻게 해야 할지 그 점에 대해 이야기를 좀 나눠 보고 싶군."

건형은 침착한 표정으로 입을 열었다.

"결국 가장 중요한 건 사람입니다."

"사람이라……."

"예. 인심을 얻는 사람이 천하를 얻는 법이죠."

"그러나 인호나 찬수는 이미 내 곁을 떠났어. 또 나도 그들을 포용하고 싶은 생각은 없네."

정용후 회장.

그는 호랑이다.

관상대로다.

그는 독불장군이기 때문에 주변 사람과 타협하지 않는다.

타협을 죽음보다 더 싫어하기 때문이다.

건형 역시 그런 성정을 알고 있다.

"정인호 사장님이나 정찬수 부회장님은 어쩔 수 없다고 생각합니다. 사실상 그들은 이미 떠난 사람들이죠. 문제는 반대파입니다. 만약 정인호 사장이 세력을 규합한다면 우후죽순처럼 사람들이 몰려들 겁니다. 회장님은 왜 그렇게 제가 예상하는지 아시겠죠."

"음…… 나 때문이군."

"아쉽지만 그렇습니다. 회장님의 올곧은 성정을 좋아하는 사람도 많지만 싫어하는 사람도 그만큼 많죠. 부드럽게 휘어질 줄 아는 사람은 대립하는 적이 없지만 강하게 솟은 나무는 나무꾼이 무조건 베어 가고 싶어 합니다. 땔감용으로 제격이기 때문이죠."

"계속해 보게."

정용후 회장의 낯빛은 눈에 띄게 굳어져 있었다.

그렇지만 그는 신중한 얼굴로 건형의 이야기를 듣고 있었다.

지금 그가 하는 말이 장차 태원 그룹의 미래를 좌지우지할 수 있는 이야기라는 걸 잘 알고 있었기 때문이다.

"최소한 중립이라고 할 수 있는 사람들은 우리 팀으로 끌어들여야 합니다. 정인호 사장이나 정찬수 부회장이나 태원 그룹의 지분을 가지고 있습니다. 만약 그들이 우호지분을 모아서 그룹 경영권을 노리기라도 한다면 속수무책으로 당하게 될지도 모릅니다."

"그러나 알버트 헤지펀드는 이번 일에 나서지 않겠다고 하지 않았나."

"알버트 폴슨이 그렇게 이야기하긴 했습니다만 그는 언

제든지 상황은 바뀔 수 있다고 이야기했습니다. 만약 자신에게 이득이 된다면 정인호 사장을 택할 수 있다고도 했고요."

"그가 인호를?"

알버트 헤지펀드가 줄곧 주장해 온 게 정인호 사장의 부패한 경영이었다.

그런데 그 알버트가 정인호 사장을 밀어 줄 수도 있다고 한 이야기가 정용후 회장한테는 여러모로 충격으로 다가온 듯했다.

"그는 어차피 헤지펀드의 대표이사입니다. 그에게 가장 큰 이득이 되는 일이라면 서슴없이 그렇게 할 사람이죠. 회장님께서 결단을 내려 주셔야 할 때가 왔습니다."

"……그게 무엇인가?"

건형이 입을 열었다.

"곧은 허리를 펴고 사람을 모아야 합니다. 사람이 중심이 되는 그룹을 만들어야 합니다."

"……평생 동안 내가 지켜 온 신념을 저버리라는 것인가?"

정용후 회장이 평생 동안 쌓아 온 신념이다.

건형은 그를 바라봤다.

그를 설득하는 게 과연 옳은 것인가?

그의 생각을 존중해 줘야 하는 게 맞지 않은 것일까.

그렇지만 점점 세계가 급변하고 있었다.

그런 상황에 뚝심은 좋은 게 될 수 있지만 변화하지 못한다면 살아남을 수 없다.

생존을 위해서는 신념도 버릴 필요가 있는 셈이다.

건형이 입을 열었다.

"세계가 급변하고 있습니다. 생존이 모든 것보다 우선하는 시대가 다가올 수도 있습니다. 저는 회장님이 돈키호테의 어리석음을 범하지 않길 바랄 뿐입니다."

"돈키호테라…… 내게 시간을 주게. 잠시 생각할 시간이 필요할 거 같군."

축객령에 건형은 회장실을 나왔다.

갈팡질팡하던 지수는 회장실에 남았다.

그러나 건형으로서는 해야 할 일을 한 것이었다.

이제부터는 변화에 적응하지 못하면 도태되고 말 테니까.

생존을 위한 시대가 가까워 오고 있었다.

＊   ＊   ＊

회장실을 나온 건형은 전략 기획실로 향했다.

엘리베이터에서 만난 직원들이나 전략 기획실의 직원들 모두 뒤숭숭한 분위기였다.

그래도 알버트 헤지펀드가 주주총회를 열려고 하다가 그게 무산되면서 그룹 분위기가 안정화되고 있었는데 정인호 사장 때문에 불똥이 튄 셈이다.

당연히 태원 그룹 내부가 여러모로 흔들릴 수밖에.

그때 전략 기획실 직원 한 명이 건형에게 다가와서 물었다.

"박 실장님, 뭐 좀 여쭤 봐도 될까요?"

고개를 돌려보니 안희영 대리였다.

전략 지원팀 제2팀 대리.

주변 눈치를 보아하니 다른 상사들이 그녀를 억지로 등 떠민 모양이었다.

"네, 말씀하세요."

"정인호 사장님이 그룹 일선으로 복귀하신다던데 사실인가요?"

"아마 그럴 일은 없을 겁니다."

"정인호 사장님이 돌아오시면 전략 기획실이 없어지고

구조조정 본부가 다시 들어선다는 이야기가 많아서요."

"전략 기획실이나 구조조정 본부나 안 대리님 입장에서
는 크게 중요하지 않은 거 아닌가요?"

"그럴 리가요. 박 실장님하고 일한 지 얼마 안 됐지만 저
는 지금 전략 기획실이 훨씬 더 좋아요."

"칭찬 고맙네요. 별다른 일은 없었죠?"

"아, 네. 세무조사도 문제없이 끝났고 한동안 큰일은 없
을 거 같아요. 알버트 헤지펀드가 주주총회를 열려고 하는
움직임이 있어서 그 부분에 관해 방어 전략을 세우고 있었
다가 갑자기 그게 무산돼서요. 우리 그룹에 부정적인 기사
를 보도한 언론사에는 정정보도를 요구해 둔 상황이고요."

"꼼꼼하게 잘 기억하고 있네요. 앞으로도 그렇게 해 줘
요."

안희영의 양 볼이 빨갛게 물들었다.

그녀가 조심스럽게 고개를 끄덕였다.

건형이 자신의 사무실 안으로 들어가자 다른 직원들이
달라붙어서 물었다.

"어떻게 됐데?"

"다들 들었을 거 아니에요. 앞으로 저한테 그런 거 시키
지 마세요!"

"아, 그래도 박 실장님이 안 대리는 귀여워하니까 그랬던 거지. 사실 우리가 물어보기에는 좀 그래서……."

확실히 다른 직원들은 건형보다 나이가 많다.

그렇다 보니 건형에게 물어보는 걸 주저할 수도 있다.

사실 그들 입장에서 가장 만만한 건 안희영 대리였다.

그때 기획홍보팀장이 다가와서 물었다.

"그것도 물어봤어?"

"네?"

"알버트 헤지펀드 일 말이야. 박 실장님이 해결했다고 소문이 자자하던데. 사실인지 아닌지 물어봤어?"

"아, 아니요."

"하, 그런 걸 물어봤어야지. 내가 볼 때는 박 실장님이 분명하단 말이야. 지난번에 알버트 폴슨이 우리 사무실 방문한 것도 그렇고."

"근데 알버트 폴슨이 왔다 간 거 맞아요?"

그 당시 사무실에 있었던 건 박건형과 정지수 두 명뿐이었다.

다른 직원들은 회사 일을 마치고 퇴근한 상태였다.

그래서일까.

알버트 폴슨이 정말 태원 그룹에 온 게 맞는지, 그리고 전략 기획실에 왔는지, 무슨 이야기를 나눴는지.

그 모든 게 미궁에 빠져 있었다.

"내가 볼 때는 박 실장님이 그런 게 확실해."

그때였다.

기획홍보팀장을 부르는 소리가 사무실 안에서 흘러나왔
다.

"장 팀장님, 안으로 들어오세요."

"헉."

장 팀장의 얼굴이 새하얗게 질렸다.

"내 목소리가 그렇게 컸어?"

"……어서 들어가 봐요."

다들 장 팀장을 도살장에 끌려가는 소처럼 안타깝게 바
라봤다.

장건홍은 올해 마흔둘의 부장이다.

태원 그룹에 입사한 건 17년 전으로 그는 태원 그룹과
이십 대, 삼십 대를 함께 했다.

원래 그는 태원 전자의 국내영업사업부에 있었다가 구조
조정 본부가 개편되고 전략 기획실로 신설되며 기획홍보팀
의 팀장으로 새롭게 발령받았다.

강명국 기획홍보팀장을 밀어내고 새롭게 자리를 차지한 셈이다.

태원 전자 국내영업사업부 부장에서 본사에서도 핵심이라고 할 수 있는 전략 기획실의 기획홍보팀장이 되었으니 단숨에 주류에 편입된 것이나 마찬가지였다.

그렇지만 장건홍은 이 자리가 항상 불편했다.

새롭게 온 전략 기획실장이 스물넷밖에 안 된, 젊은 애송이였기 때문이다.

게다가 경영학 석사는커녕 그 흔한 학사도 없는 아직 대학생이기까지 했다.

정용후 회장이 낙하산으로 꽂아 넣었다는 데 처음에는 괜히 기획홍보팀장으로 온 게 아닌가 했다.

그러나 막상 겪어 본 전략 기획실장은 침착하고 날카로우며 또 영민한 인물이었다.

그뿐만 아니라 일의 추진력도 확실했고 인맥도 두터웠다.

특히 그가 임용되고 바로 찾아온 세무조사.

이때 장건홍은 진지하게 다른 곳으로의 이직을 고려하기까지 했다.

불과 작년에 세무조사를 한 번 받았는데 또다시 특별 세무조사를 받는다는 건 태원 그룹이 정부로부터 단단히 찍혔다는 걸 의미하기 때문이었다.

게다가 온갖 보수 언론에서 쏟아지는 태원 그룹의 부패, 비리, 불법 행동을 비판하는 여론까지.

그 당시 장건홍 팀장은 스트레스로 인해 원형 탈모까지 생겼을 정도로 심적 고생이 심했다.

그러나 건형이 무슨 마법을 부렸는지 모르겠지만 세무조사를 깔끔하게 끝내 버렸고 그 후 알버트 헤지펀드까지 막아 내는 걸 보면서 자신보다 열여덟 살이 어린 그를 존경하게 됐다.

알버트 폴슨을 불러들여서 설득하고 또 그를 시켜 주주 총회를 막은 것도 건형이 한 것이 틀림없다고 믿고 있었다.

그래서일까.

건형을 쳐다보는 장건홍의 눈빛은 조금씩 떨리고 있었다.

"장 팀장님, 자리에 앉으시죠. 음, 마땅히 내올 건 없고 커피라도 한 잔 하시겠습니까?"

"아, 예. 저야 뭐든 괜찮습니다."

잠시 뒤 건형이 내온 건 믹스커피였다.

'커피 머신 하나는 사무실에 비치되어 있을 줄 알았는

데……'

어쨌든 믹스커피를 마시며 장건홍은 침착하게 건형이 입을 열 때까지 기다렸다.

그때 건형이 말을 꺼냈다.

"장 팀장님. 최근 들어 정인호 사장 관련해서 이야기가 많죠?"

"예. 당연하죠. 그러나 윗선에서 아무런 지시가 없어서 어떻게 해야 할지 고민 중이었습니다."

"지금 모든 언론사에 보도를 뿌리세요. 정인호 사장은 태원 그룹과는 아무 관련이 없을뿐더러 태원 그룹의 정용후 회장은 그가 죗값을 치르고 나오길 바랐다고요. 이것은 정찬수 부회장이 꾸민 일이라고 확실하게 언급해 주십시오."

"그럴 경우 정찬수 부회장님과 정용후 회장님이 서로 집안싸움을 벌이고 있다고 말들이 많이 나올 겁니다. 경영권부터 시작해서 재산 관련해서 갖가지 잡음이 흘러나올 텐데요. 괜찮으시겠습니까?"

"예. 새 술은 새 부대에 담아야 한다고 했죠. 이번에야말로 그 싹을 애초에 끊어 버릴 시기입니다. 그리고 인사지원 팀장님과 함께 지금 정용후 회장님 라인인 쪽과 정찬수 부회장과 정인호 사장 라인인 사람들, 아직 어느 쪽도 선택하지 않은 주주들을 모두 파악해 오세요."

"예, 알겠습니다. 또 시키실 일이 있으십니까?"

"없습니다. 이제 나가 보셔도 됩니다."

장건홍이 재빨리 사무실을 빠져나가려 할 때였다.

건형이 그를 붙잡았다.

"아, 한 가지 더."

"네, 말씀하시죠."

"앞으로 궁금한 게 있으면 직접 저한테 물어보시면 됩니다. 안 대리 시키지 않아도 될 겁니다. 그리고 알버트 폴슨이 전략 기획실을 찾았던 건 사실입니다."

"하하, 가, 감사합니다."

장건홍은 얼굴이 새빨갛게 달아오른 채 재빨리 사무실을 빠져나왔다.

'내 이야기를 다 듣고 계셨을 줄이야……'

아무래도 앞으로는 더욱더 말을 조심히 해야 할 것 같았다.

전략 기획실에서 머무르며 앞으로 어떻게 해야 할지 고민하던 건형은 일단 정용후 회장의 결단이 필요하다는 것

을 알고 있었기 때문에 그전까지는 딱히 자신이 할 게 없다
는 걸 깨달았다.

최종적인 결정권자는 정용후 회장이었다.

자신은 그에게 도움을 줄 수 있을 뿐 선택을 강요할 수는
없었다.

그때였다.

지혁에게 전화가 왔다.

생각해 보니 귀국하자마자 들렀어야 했는데 태원 그룹
일을 신경 쓰다 보니 그게 늦어진 터였다.

"어, 형. 무슨 일이에요?"

[언제 올 거야?]

"네? 무슨 일 있어요?"

[아르고스. 그 녀석이 완성됐어. 빨리 와.]

"정말요?"

아르고스.

백 개의 눈을 가진 거인의 이름에서 따온 것.

영화 다크 나이트에서 나오는 것처럼 휴대폰 및 각종 전
자기기의 주파수를 이용해서 대화 내용을 읽어 낼 수 있을
뿐만 아니라 감청도 가능하게 만든.

건형과 지혁이 모든 기술력을 총동원해서 만들어 낸 장

치가 바로 아르고스였다.

건형이 이것을 만든 건 다른 이유에서가 아니었다.

자신이 자리에 없을 때 혹은 무슨 일이 생겼을 때 아르고스의 도움을 받을 수 있다면 일을 조금 더 수월하게 처리할 수 있을 것이라고 생각했기 때문이다.

그러나 만약 누군가 이것을 악의적인 용도로 사용한다고 한다면 건형은 가차 없이 이것을 없앨 생각도 하고 있었다.

악인의 손에 들어가는 것보다는 부서트리는 게 나았다.

"지금 바로 갈게요."

그래도 그것은 나중에 생각해 볼 문제였다.

지금은 아르고스가 완성됐다는 게 중요했다.

그리고 설레고 있었다.

"어, 실장님 어디 가십니까?"

"일이 있어서 나가 볼게요. 회장님이 저 찾으시면 연락 주시고요."

"아, 예. 알겠습니다."

"회장님께서 결정을 내리시기 전까지 당분간 크게 바쁠 일은 없을 겁니다. 그전까지 인사지원팀장님과 기획홍보팀장님은 제가 부탁한 일 해 주시면 되고 각자 원래 일 알아서 하다가 정시에 퇴근하셔도 됩니다."

"감사합니다."

사무실에 있던 직원들이 반색하며 말했다.

직장인들한테 역시 최고는 칼퇴근이니까.

부르르릉—

빠른 속도로 서울을 벗어난 건형은 곧장 과천으로 향했다.

지혁을 한시라도 빨리 만나기 위해서였다.

그렇게 지혁 집 근처에 도착했을 때 전화가 울렸다.

[어디쯤이야?]

"거의 다 왔어요."

[그래? 빨리 와라. 이 녀석 갑자기 또 말썽 부리거든? 너도 같이 좀 봐줘야 할 것 같다.]

갑자기 아르고스가 말썽이라는 말에 건형이 다급히 페달을 밟았다.

순식간에 지혁 집 앞에 도착한 건형은 차를 주차하는 둥 마는 둥 하며 집 안으로 들어갔다.

지하실로 내려온 건형은 환상적인 아름다움을 뽐내는, 백여 대의 모니터가 합쳐져 있는 거대한 눈을 바라볼 수 있었다.

아르고스의 눈.

그야말로 그 이름이 어울리는 기계였다.

"어, 왔냐?"

"드디어 이 녀석이 완성됐네요."

오랜 시간을 들여 기초적인 개발에는 성공했지만 완전하지 못했던 것을 건형이 완전기억능력을 이용해서 수천 권의 컴퓨터 관련 서적을 탐독하며 끝내 만들어 낸 게 바로 이 아르고스의 눈이었다.

그리고 드디어 이 아르고스의 눈이 세상에 모습을 드러낼 준비를 하고 있었다.

Chapter. 08

　　건형은 아르고스의 눈을 세심하게 살폈다.

　　큰 문제는 없었다.

　　일시적으로 서버가 과부하되면서 약간의 에러가 생긴 것
같았다.

　　"별문제는 없네요. 아무래도 서버를 조금 더 충원해야
할 거 같아요."

　　"그래야겠다. 생각보다 이게 서버를 많이 잡아먹네."

　　"그럴 수밖에요. 우리나라 모든 통신사 서버를 다 해킹
해서 연결해 놓은 거니까요."

이 아르고스의 눈의 작동 원리는 생각보다 간단했다.

우리나라 통신사 모든 서버를 해킹해서 그 서버를 지금 지혁의 집 안 지하실 바로 아랫칸을 모두 다 차지하고 있는 서버룸에 옮겨 넣은 것이었다.

즉 통신사 세 곳의 정보를 모두 이 서버룸으로 빼돌릴 수 있다는 이야기였다.

말은 쉽지만 그것을 하려면 일단 엄청난 양의 서버룸이 필요했고 또, 최고 수준의 보안을 자랑하는 통신 회사의 서버도 해킹해야 했다.

게다가 그 해킹을 걸리면 안 됐고 흔적을 남겨도 안 되는 것이었다.

막대한 돈을 쏟아부어 통신사 세 곳을 인수하는 방법도 있지만 통신사를 갖고 있는 대기업들이 팔아넘길 일이 없기 때문에 우회적인 방법을 쓴 셈이었다.

"이 정도면 일단 반쯤은 완성된 셈이네요."

"여기에 소나 기술을 응용해서 휴대폰에 고주파를 발생시키게 한 다음 그 전파를 이용한다면 서울 시내는 물론 대한민국 전역을 한 번에 들여다볼 수 있게 될 거야."

"그러려면 각 휴대폰마다 고주파 발생기를 달아 놔야 할 텐데요?"

"그러게. 영화는 역시 영화일 뿐인가. 오성 그룹 같은 개발사한테 고주파 발생기를 달아달라고 할 수도 없는 거니까."

"일단 이 정도로 만족해요. 반쪽자리 아르고스의 눈이지만 지금으로도 충분할 거예요."

건형이 환하게 웃어 보였다.

두 사람의 결실이 드디어 빛을 발하게 된 것이다.

"장형철에 대해서는 알아보셨어요?"

"응. 장형철이 정인호 사장을 만난 게 분명해. 두 사람이 이야기를 나눴고 그 이야기를 나눈 뒤 정 사장이 풀려났어. 두 사람 사이에 모종의 거래가 있었을 게 틀림없어."

"아마도 2심에서 집행유예를 선고받는 대가로 태원 그룹의 일을 돕겠다고 한 거겠죠. 강해찬 입장에서 태원 그룹은 여러모로 입 안에 걸린 가시 같을 테니까요."

"그런 셈이지. 어쨌든 여기서 네가 해야 할 일은 정인호 사장을 먼저 몰아내야만 해. 안 그러면 경영권이 위태로워질 수가 있어."

"글쎄요. 정인호 사장의 지분율은 그렇게 높지 않아요. 정용후 회장이 와병하는 동안에도 자신의 지분만큼은 필사적으로 지켰으니까요."

"그러나 태원 그룹 지주회사인 태원 물산 같은 경우 정용후 회장의 실질적인 지배력은 무척 낮은 편이야. 그런 상황에서 오너라고 할 수 있는 정용후 회장 일가에서 내분이 일어나게 된다면? 가뜩이나 그 낮은 지분율이 더 낮아지게 되겠지. 그룹 총수가 바뀔 수 있다는 이야기야. 이번에 공정거래법이 바뀌면서 지분법 회계처리 기준인 20% 이상을 확보하려면 정용후 회장은 둘 중 한 명을 끌어안을 필요가 있으니까."

"후, 골치 아프네요. 사실 그 문제로 이야기를 나누긴 했어요. 정용후 회장이 옳고 그름을 가려서 자신이 안고 가야 할 사람은 확실히 안고 간다고요. 그렇지만 정용후 회장님 성격상……."

"그게 쉽지 않을 거다. 그분 원래 성격이 대쪽같으니까."

"그런데 그 정도로 지분율이 낮아요?"

"응. 사실 가장 좋은 방법은 네가 주식을 사들이는 거지. 그런데 그 자금이 워낙 천문학적으로 들어가니까 문제인 거고."

"흠."

그러나 천문학적인 금액이라고 해도 건형에게는 크게 문제 될 리 없는 돈이었다.

게다가 알버트 헤지펀드가 개입하지 않기로 한 이상 상황은 종국적으로 자신한테 유리하게 흘러갈 가능성이 높았다.

　"일단 형은 꾸준히 증거를 수집해 줘요. 이 문제가 해결된다고 해도 강해찬 의원은 분명히 정인호 사장 일을 가지고 태원 그룹을 공격할 게 뻔하니까요. 태원 그룹이 무너지면 평화롭게 해결하는 것도 불가능해져요. 그때는 제가 가진 모든 힘을 동원해서라도 밟아버릴 수밖에 없을 거예요."

　건형이 지금 갖고 있는 돈을 동원한다면?

　태원 그룹을 집어삼키는 건 일도 아니다.

　자본주의가 만능인 시대다.

　돈이 가장 우선하는 시대.

　강해찬 국회의원의 정치력이 막강하다고 한들 돈 앞에서는 무릎을 꿇을 수밖에 없다.

　물론 강해찬 국회의원은 권력이야말로 백 년 만 년 영원하다고 주장하고 있지만.

　그는 어떻게 보면 진짜 정치가인 셈이다.

　그렇지만 건형은 일부러 그렇게 하지 않고 있었다.

　그가 자금을 쏟아부어서 몇몇 그룹들을 집어삼키기 시작

한 순간 악순환이 쏟아질 게 분명하다는 걸 알고 있어서였다.

그의 개입은 어떻게 보면 부적절한 개입이 될 수 있었다.

흐름을 거스르는.

시장에 너무 막대한 돈이 쏟아지면 화폐가치가 하락하면서 그만큼 인플레이션이 일어날 수밖에 없다.

그렇게 물가가 지속적으로 상승하게 되면 당연히 피해받는 건 일반 시민들이다.

건형에게 그 일은 절대 할 수 없는 행동이었다.

그래서 지금 어렵게 상황을 풀어 나가는 것이기도 했다.

그렇게 더 좋은 수를 찾기 위해 머리를 굴릴 때였다.

연락이 왔다.

정지수 제2팀장이었다.

"정 팀장님, 무슨 일이시죠?"

[지금 어디 계세요?]

"과천에 있어요. 무슨 일 있나요?"

[할아버지께서 보고 싶어 하세요. 할 이야기가 있으신 거 같아요.]

아무래도 정용후 회장이 결단을 내린 모양이었다.

이제 남은 건 그의 선택을 듣는 것.

그 선택 여하에 따라 건형이 어떻게 움직일지도 바뀔 예정이었다.

한편 건형이 정용후 회장을 만나기 위해 부지런히 애를 쓰는 사이 일루미나티의 본거지가 있는 워싱턴 D.C에서는 은밀히 회합이 열리고 있었다.

그랜드 마스터를 포함해서 여러 위원들이 모두 모인 이번 회합은 상당히 여러모로 중요한 의미를 가지고 있었다.

삼각위원회의 삼각수장이자 프랑스 왕가의 혈통 샤를 메로빙거, 미국 삼대 재벌이자 또 다른 삼각위원회의 수장이며 빌더버그 그룹의 총수이기도 한 아담 록펠러 그리고 CFR(외교협의회)의 수장이자 베네딕트 가문의 하나뿐인 후계자 루시아 베네딕트까지.

그들을 포함해서 노벨 아이젠하워를 비롯한 13인 위원회의 모든 위원들이 하나도 빠짐없이 여기 이 자리에 모인 것이었다.

"르네상스가 다시 움직이기 시작했다."

다짜고짜 본론부터 이야기한 그랜드 마스터.

그 말에 다들 인상을 구겼다.

르네상스는 로얄 클럽보다 더 이전에 일루미나티와 갈등

을 빚은 조직이다.

당연히 일루미나티 입장에서는 개와 원숭이라고 할 정도로 사이가 좋지 않다.

두 집단이 추구하는 방향이나 목적 등이 모두 다르기 때문이다.

"그리고 그 르네상스가 박건형을 포섭하기 위해 움직였었다."

"박건형은 지난번에 폐기물 신세가 된 거 아니었습니까?"

아담 록펠러가 조심스럽게 물었다.

지난번 그랜드 마스터가 그렇게 언급한 적이 있었다.

그랜드 마스터는 쉽게 허언을 하지 않는 사람이다.

당연히 그의 말이 맞을 것이라고 생각하고 이미 박건형에 대해서는 기억을 지워 둔 상태였다.

그런데 르네상스가 그를 포섭하려고 한다는 이야기를 들으니까 께름칙한 기분이 들 수밖에.

"그는 위기를 극복했다. 그리고 진정한 완전기억능력을 가지게 됐다. 나는 루시아를 보내서 그를 염탐하려 했다. 그가 진짜 능력을 잃은 건지 확인해 보기 위함이었다. 그러나 결과는 실패였지."

실제로 루시아가 돌아오고 난 뒤 그랜드 마스터는 깨달

을 수 있었다.

자신이 잘못 생각했다는 것을.

그는 능력을 잃은 게 아니었다.

오히려 각성을 끝마친 것이었다.

불완전기억능력자에서 완전기억능력자로 탈바꿈하게 된 것이었다.

그래서 루시아가 돌아왔을 때 그랜드 마스터는 그녀가 정신을 이미 건형한테 빼앗겼다는 사실까지도 알아낼 수 있었다.

이제 더는 숨길 수 없는 시기였다.

공개할 필요가 있었다.

완전기억능력이라는 게 무엇이며 그 능력이 가지는 특별한 점이 무엇인지.

그리고 일루미나티와 완전기억능력자가 얽히고설킨 해묵은 악연까지.

그래서 오늘 이 13인 회의를 마련한 것이었다.

그전에 짚고 넘어가야 할 점이 있었다.

"노벨."

"예, 그랜드 마스터."

이십 대 후반의 사내가 얼굴을 구기며 대답했다.

"잭슨 교수가 더 이상 후원을 받지 않기로 했다고?"

"그렇습니다. 그는 일루미나티를 떠나서 르네상스에 가기로 마음먹었다고 합니다."

"그 시기를 정확히 알아봤는가?"

"예?"

"일루미나티에 들어온 게 르네상스를 알기 이전인지 알고 나서였는지 알아봤냐 하는 말이네."

"미처 파악하지 못했습니다. 죄송합니다."

그랜드 마스터는 불편한 얼굴로 노벨을 쳐다봤다.

만약 클라인이 뜻하지 않게 병사하지 않았다면 노벨이 저 자리에 앉게 되는 일은 없었을 것이다.

여전히 그는 노벨 아이젠하워를 신뢰할 수 없었다.

그 낌새를 눈치챈 샤를 메로빙거가 조심스럽게 말했다.

"제가 잘 교육시키겠습니다. 염려 놓으십시오."

클라인 아이젠하워의 스승이자 노벨 아이젠하워의 스승이기도 한 샤를 메로빙거가 간곡히 이야기하자 그랜드 마스터도 구겼던 얼굴을 필 수밖에 없었다.

누가 뭐라 해도 샤를 메로빙거는 오랜 시간 자신을 보좌해 온 수족 같은 인물이었으니까.

"헨리 잭슨의 일은 뒤로하고. 완전기억능력자는 포토그

래픽 메모리를 떠올리면 된다. 한 번 본 것은 무엇이든 기억할 수 있지. 그러나 완전기억능력자가 무서운 점은 그게 아니다. 포토그래픽 메모리보다 한단계 더 나아가서 연계점이라고 할 수 있는 트리거 포인트를 이용해서 자신의 지식을 다른 학문과도 혼합해서 사용하는 게 가능하다. 즉, 머릿속에 컴퓨터를 수십여 대 두고 있는 것이나 다름없다."

그 말에 몇몇 위원들이 고개를 끄덕였다.

어떻게 한 사람이 불과 1년 만에 학계에서 내로라하는 천재학자가 되고 주식 시장을 쥐고 흔드는 갓핸드가 되었으며 거기에 그랜드 마스터를 이렇게 불안하게 만들었나 했더니 완전기억능력이란 것 때문인 듯했다.

그때 그랜드 마스터가 말을 이었다.

"그러나 이것은 불완전기억능력일 때에도 개방되어 있는 능력이다. 실제로 많은 불완전기억능력자가 무리해서 자신의 능력을 이용하다가 뇌출혈이나 뇌경색으로 사망했다. 그러나 여기서 각성에 성공하게 된다면."

그랜드 마스터가 한숨을 살짝 내쉬었다.

"그는 새롭게 태어나게 된다. 뇌의 모든 한계점을 끌어올릴 수 있게 된다. 그리고 그것은 궁극적으로 인간에게 본

능적으로 잠재되어 있는 능력인 마력을 끌어 쓸 수 있게 한다. 사람의 정신을 지배하거나 마음을 조종할 수 있게 되는 것이다. 거기에서 더 나아가게 되면 우리가 만들어 낸 급조 초인이 아니라 진짜 초인이 탄생하게 되는 셈이다."

"……인간이 그렇게 되는 게 가능합니까?"

"그래서 내가 그를 경계했던 것이다. 나는 그가 불완전 기억능력자라고 생각했고 알아서 파멸할 것이라고 예견했다. 그래서 일부러 그를 자극하지 않으려고 상호 간에 협약을 맺었던 것이었다. 그러나 그가 이미 완전기억능력자로 각성을 끝냈고 르네상스 그리고 로얄 클럽과 가깝게 지내고 있는 것을 볼 때 더 시간이 늦기 전에 움직여야 할 것으로 보인다."

"전쟁입니까?"

아담 록펠러가 물었다.

"아직은. 조만간 일어나겠지만. 조금 더 그를 파악할 것이다. 그리고 난 다음 움직일 것이다."

그랜드 마스터의 포고.

그것은 오랜 시간 침묵해 있던 일루미나티를 일깨우기에 충분했다.

그리고 그것에 가장 자극받은 건 노벨 아이젠하워였다.

명예를 회복할 방법이 필요했다.

그리고 그것은.

상대에게 똑같은 고통을 안겨 주는 것이었다.

홀로 회의실을 빠져나온 노벨 아이젠하워는 집사를 불러 냈다.

"주인님, 부르셨습니까?"

"그 둘을 불러라."

"그러나 그들은 매우 위험⋯⋯."

"내 명예가 훼손됐다. 명예를 회복해야 할 시기다."

"알겠습니다. 주인님."

입술을 깨물며 말하는 노벨 아이젠하워의 얼굴엔 짙은 분노가 어려 있었다.

* * *

정용후 회장을 만난 건형은 그의 얼굴에 깃든 결심을 읽을 수 있었다.

그게 어떤 선택인지는 아직까지는 알 수 없지만 하나는 확신할 수 있었다.

그가 결정을 내렸다는 것.

이제 남은 건 그의 결정을 듣는 것뿐이었다.

"어떻게 결정을 내리셨습니까?"

"그러네. 결정했네."

"어떻게 하실 건가요?"

"자네가 가고 지수하고 많은 이야기를 나눴네. 지수는 그냥 홀가분하게 모든 걸 내려놓고 싶다고 하더군. 요새 마음고생이 너무 심하다면서 말이야."

"……정 팀장님이요?"

"그래. 그러면서 하는 말이 그거더군. 뭐가 됐든 떳떳하게 살고 싶다고 말이야."

"예. 좋군요."

"그러기 위해서는 인호한테 이 그룹을 넘겨 줘서는 안 되겠지. 어떤 식이든 상관없네. 이 그룹을 지켜 주게. 나에게는 아직 꿈이 남아 있네. 이 나라를 바꾸고 싶은 그런 꿈 말이야."

건형은 고개를 끄덕였다.

정용후 회장이 결단을 내린 것이다.

"그래서 내가 어떻게 해 주면 되겠나?"

"지금 전략 기획실 사람들에게 사람을 나누게 하고 있습니다. 우리에게 도움이 될 사람들, 그렇지 않은 사람들 그리고 중립에 서 있는 사람들. 회장님은 그들 중 중립에 서 있는 사람들을 설득해 주시면 됩니다."

"설득이라…… 오랜만에 내가 누군가를 설득하러 다니게 되겠군."

여든이 넘어가는 회장이 직접 움직여서 설득하는 일이다.

웬만해서는 넘어올 게 분명했다.

결국 중요한 건 사람.

건형은 차츰 성장하며 그것을 깨달아 가고 있었다.

정인호 사장은 정찬수 부회장과 함께 중립에 속한 사람들을 만나고 다니면서 자신의 지지 기반을 모으기 위해 주력하기 시작했다.

지분율로만 놓고 보면 승산이 있었다.

주주총회를 소집해서 정용후 회장의 나이를 빌미로 삼고 들어가게 된다면.

경영권을 빼앗아 오는 것도 가능해질 터였다.

그 뒤 정인호 사장은 정찬수 부회장과 그룹을 잘게 나눠 가질 생각이었다.

정인호는 자신이 원래 갖고 있던 태원 전자를 비롯한 알짜배기 계열사를, 정찬수 부회장은 알짜배기는 아니지만 그래도 꽤 어느 정도 비중이 있는 몇몇 계열사들을 나눠 갖기로 한 상태였다.

사실 그것은 정인호 사장의 지분율이 정찬수 부회장을 비롯한 다른 임원들보다 높기에 가능한 일이었다.

그렇게 하나둘 중립 세력들을 끌어모으면서 지분율을 늘려 갈 때였다.

정인호는 뜻밖의 소식을 듣게 됐다.

"뭐라고? 아버지가 직접 사람들을 만나러 다니고 계시다고?"

"예. 어제 이미 김웅선 옹을 만나고 가셨다고 합니다."

정인호가 얼굴을 구겼다.

김웅선 옹은 태원 그룹에서도 꽤 지분율이 높은 주주로 소액주주들 사이에서는 으뜸이라고 볼 수 있었다.

그런 만큼 누구보다 앞서 포섭을 해야 하는 인물이었다.

정인호도 제일 먼저 정찬수 부회장과 함께 그를 포섭하기 위해 움직였지만 대쪽 같은 그 성미에 물러날 수밖에 없었다.

그러나 김웅선 옹은 그 누구에게도 협조하지 않을 것이라고 밝히며 그나마 안도감을 갖게 했었다.

정용후가 직접 움직이지 않는 이상 그 마음이 확고할 게 분명했기에 정인호는 어느 정도 안심하고 있었다.

그런데 정용후 회장이 직접 움직였다고?

그래서 김웅선 옹을 바로 만나러 갔다고?

정인호 입장에서는 그야말로 마른하늘에 날벼락을 맞은 기분이었다.

"당장 대책을 마련해야 합니다."

"그래야겠다. 이러다가 아무것도 못 해 보고 망하게 생겼다."

정찬수 부회장도 혀를 찼다.

평생 그 옹고집을 버리지 못하던 게 정용후 회장이다.

그런데 갑자기 무슨 연유로 그 마음을 바꾸게 된 걸까.

도저히 이해할 수가 없는 일이었다.

그리고 며칠 뒤 정용후 회장 쪽으로 힘이 실리기 시작할 무렵 BP의 회장 체스터 브로만이 알버트 폴슨과 함께 한국에 입국했다.

꽤 많은 기자들이 그들에게 몰려들었다.

그들이 가장 궁금해하고 있는 건 하나.

알버트 폴슨이 지금 태원 그룹의 집안싸움에 어떻게 움직일까 하는 점이었다.

"미스터 폴슨, 잠깐 인터뷰 좀 할 수 있습니까?"

"폴슨! 인터뷰를 하고 싶습니다."

체스터 브로만은 자신은 모른 척하고 알버트 폴슨에게만 달려드는 기자들 모습에 고개를 절레절레 저었다.

"하하, 이거 나는 안중에도 없군. 자네가 한국에서 이렇게 슈퍼스타일 줄이야. 미리 알았으면 뇌물이라도 좀 건넸을 텐데 말이야. 그게 아쉽군."

그때 알버트 폴슨과 계속 이야기를 나누는 사내를 한 경제부 기자가 알아보고 눈을 휘둥그레 떴다.

'비, 비피의 회장이 여기는 무슨 일로……'

상대는 세계적인 석유 회사인 BP의 회장이었다.

아직 아무도 못 알아보고 있는 듯했지만 그가 대한민국에 입국했다는 건 여러모로 놀라운 일이었다.

"저 브로만 회장님이 맞으십니까?"

그제야 자신을 알아보는 한 기자 모습에 체스터 브로만이 웃으며 대답했다.

"나를 알아보는군."

"경제부 기자가 되어 알아보지 못하면 어떻게 경제부 기자라고 하겠습니까. 잠시 인터뷰 좀 할 수 있겠습니까?"

체스터 브로만이 알버트를 힐끗 쳐다봤다.

어차피 계속 이렇게 따라붙을 거.

이럴 바에는 인터뷰를 한번 해 두는 게 더 나을 수도 있었다.

그래야 잡음이 없어질 테니까.

알버트 폴슨이 고개를 끄덕였다.

"잠깐이면 좋겠군요."

"그 정도도 충분합니다."

그들의 인터뷰를 따낸 건 바로 태양일보의 경제부 기자 한길수였다.

원래 경제부 차장인 그가 이렇게 현장에서 뛰는 일은 드물었지만 오늘은 알버트 폴슨이 대한민국에 입국한다는 말에 그가 직접 나오게 된 것이었다.

그만큼 지금 알버트 폴슨이 갖고 있는 무게감은 대단했다.

알버트 헤지펀드.

그가 어느 쪽 편을 드느냐에 따라 판세가 완전히 갈릴 수 있는 상황이었기 때문이다.

그렇지만 체스터 브로만까지 이렇게 입국하게 될 줄은 아무도 모르는 일이었다.

그 이야기인즉슨 이번 방한 일정이 비공식적인 일일 수

있다는 의미였다.

"여기는 기자들이 많으니까 서울 쪽에서 제가 연락드리겠습니다. 그래도 괜찮으시겠습니까?"

"물론입니다. 배려가 있어서 좋군요. 호텔에 도착하게 되면 연락하겠소."

"여기 제 명함입니다."

그리고 그들은 공항 앞에서 대기 중이던 리무진을 타고 인천국제공항을 빠져나갔다.

그때 한길수를 잡아끄는 우락부락한 손이 있었다.

"누, 누구야!"

"한길수, 도대체 너 어떻게 취재 약속 잡은 거야? 어?"

익숙한 목소리에 한길수가 고개를 돌렸다.

"인마, 놀랐잖아! 갑자기 뒤에 나타나서 목덜미를 붙잡으면 어떻게 하자는 거야. 어?"

한길수의 목덜미를 잡아끈 건 건국일보의 경제부 차장 윤복중이었다.

"이 복돌이 자식. 그러니까 네가 아직도 결혼을 못 한 거야."

"야, 인마! 여기서 그 이야기가 왜 나와? 내가 결혼 안한 건 솔로 생활을 여유롭게 즐기기 위해서라니까. 그래 골드 미스처럼 골드 미스터. 어때. 딱 어울리지 않냐?"

"휴, 일없다. 그보다 나 가 봐야 돼. 약속 있어."

"브로만 회장과 약속 잡았지? 맞지?"

"어? 너도 알아봤냐?"

"당연하지. 인마. BP 회장이 왔는데 설마 내가 못 알아 봤겠냐? 그런데 긴가민가해서 고민하고 있었는데 네가 먼저 선빵을 날린 거야. 무슨 말인지 알겠어?"

"내가 선빵을 날리든 말든. 어쨌든 나 가 본다."

"잠깐만. 도대체 무슨 이야기를 그렇게 나눈 거야? 다들 너만 빤히 보고 있었던 거 알아? 지난번에도 네가 그 누구야 갓핸드, 박건형 인터뷰 따냈었잖아. 맞지? 자꾸 네가 독식할래?"

"됐다. 그런 거 아니야. 그냥 알아보니까 반가워한 거뿐이라고."

"우리 이십 년 우정이 이렇게 순간이냐?"

"미안하다. 나 간다."

한길수는 자동차에 올라타자마자 재빠르게 인천국제공항을 빠져나가기 시작했다.

저렇게 말하고 있어도 복중이는 계속 쫓아올 게 분명했다.

워낙 찰거머리처럼 제대로 달라붙어 있는 녀석이니까.

그래서 젊었을 때 같이 건국일보에서 기자 생활을 할 때는 여러모로 손해 본 경험이 많았다.

　자신이 독점 취재하려던 걸 윤복중이 먼저 낚아채 간 것도 적지 않았다.

　그래서 한길수는 윤복중을 썩 좋아하지 않았다.

　그것은 그가 새롭게 둥지를 튼 태양일보가 건국일보와는 정반대되는 노선을 걷고 있는 점도 있었다.

　한편 건형 역시 알버트 폴슨과 전화 통화를 하고 있었다.

　"아니, 알버트. 어쩐 일로 또 한국에 오신 겁니까?"

　"요새 태원 그룹 분위기가 심상치 않다고 해서 오게 됐습니다. 겸사겸사 압박도 넣을 겸해서요."

　여전히 르네상스는 포기하지 않은 듯했다.

　앞으로 일루미나티와의 전쟁이 기다리고 있는 마당에 자신은 든든한 전력이 되어 줄 테니까 어떤 식으로든 포섭하려 들 터였다.

　그때였다.

　익숙한 목소리가 들렸다.

　"반갑습니다. 미스터 팍. 나 체스터요. 기억하시겠소?"

　"아, 미스터 브로만. 설마 브로만 회장님도 한국에 같이 오신 겁니까?"

"그러네. 자네하고 할 이야기가 남아 있어서 말이야."

"예?"

"차세대 에너지 말이야. 그거 관련해서 이야기를 조금 더 깊게 나눠 보고 싶더군. 실무진들끼리 회의를 거치기 전에 자네의 비전을 듣고 싶단 말이지. 그래서 이렇게 직접 한국으로 오게 됐네."

"그러면 지금 바로 태원 그룹으로 두 분 모두 오시겠습니까?"

"아니. 우리는 메리어트 호텔에서 기자 한 명과 잠깐 인터뷰를 하고 갈 걸세."

"기자요? 누구입니까?"

"가만히 있어 보자. 이름이 길수? 한길수? 더 선의 기자군. 하하, 한국에도 더 선이라는 신문이 있는 모양이군."

더 선이라면 영국 신문이다. 정확히 말한다면 주로 가십을 다루는 타블로이드지다.

그러나 국내에 더 선이라면 아마 태양일보를 의미하는 것일 터.

태양일보의 경제부 차장인 한길수를 만나려고 하는 모양이었다.

"그럼 저도 함께 만나시죠. 제가 호텔로 가겠습니다."

"기자하고 인터뷰를 할 텐데 괜찮겠나?"

"예, 괜찮습니다."

겸사겸사 알버트 폴슨도 견제를 해야 했다.

만약 그가 정인호 사장과 힘을 합친다면 최악의 상황이 펼쳐지게 되는 셈이니까.

전화를 끊은 건형의 표정은 십분 더 어두워져 있었다.

*　　*　　*

전화를 끊은 건형은 곧장 사무실을 빠져나왔다.

자리에 앉아서 곰곰이 생각에 잠겨 있던 정지수가 의아한 얼굴로 건형을 보며 물었다.

"어? 실장님, 어디 가세요?"

"급한 미팅이 생겨서요. 그러고 보니 정 팀장님도 같이 가시죠."

"네? 저도요?"

정지수가 고개를 갸웃거렸다.

급한 미팅인데 자신이 껴도 되는 자리인지 그게 궁금했다.

"기사 아직 안 떴어요? 알버트가 오늘 입국했…… 실시간 검색어에 오르고 있네요."

그 말대로 네이버 실시간 검색어 1위를 알버트 폴슨이 이미 차지하고 있었다.

그 아래로는 태원 그룹, 알버트 헤지펀드, 박건형, 정인호, 정용후 등이 줄지어 검색어에 도미노를 세워놓듯 줄서기를 하고 있었다.

"폴슨 씨를 만나러 가는 건가요?"

"예. 그리고 한 명, 아니 두 명 더 있네요. 자세한 건 가면서 이야기하고 장 팀장님은 제가 부탁한 거 잘 되어 가고 있나요?"

"예, 순조롭게 진행 중입니다. 정리되는 대로 회장님께 보고드리고 있습니다. 회장님께서도 계속해서 미팅을 잡고 계시고요."

"좋네요. 알겠습니다. 있다가 와서 진행 상황을 마저 체크하도록 하죠."

건형은 지수와 함께 사무실을 빠져나왔다.

자동차에 올라타서 메리어트 호텔을 향해 달릴 때였다.

지수가 조심스러운 목소리로 물었다.

"제가 같이 가도 되는 자리인가요?"

"정인호 사장과 정찬수 부회장이 모두 쫓겨나게 되면 장차 태원 그룹을 물려받을 사람은 정 팀장 말고는 없지 않던가요? 그러면 이번 기회에 알버트하고 안면을 좀 더 틔워 두는 게 나을 겁니다. 또 오늘 체스터 브로만도 같이 왔으니까요."

"체스터 브로만이라면…… 비피의 회장 말씀이신가요?"

"예, 그렇습니다. 알버트도 정 팀장의 실력을 알고 있으니까 만족스러워할 겁니다."

"그런데 맨날 그렇게 정 팀장이라고 부르실 건가요? 이름으로 왜 안 부르시는 거죠?"

"……여기는 공적인 자리니까요."

지난번 지수가 술에 취해 자신에게 전화를 걸었던 게 생각났다.

그래서일까.

건형의 목소리가 살짝 떨리고 있었다.

지수가 살며시 건형을 보며 물었다.

"그러면 사적인 자리에서는 이름으로 불러 주실 건가요?"

"그게……."

건형은 운전을 하면서도 고개를 절레절레 저었다.

그녀 마음이 진짜인지 아니면 자신의 능력 때문에 생긴 건지 모르겠지만 그래도 건형 입장에서는 그녀의 마음을 받아 줄 수가 없었다.

그 곁에는 지현이 있었기 때문이다.

최근 들어 지현도 해외 공연을 다니느라 바쁘다 보니 자주 얼굴을 보고 있진 못했지만 그래도 하루에 한두 번은 무조건 전화를 주고받고 있었다.

건형은 그것으로나마 마음의 위안을 얻고 있는 중이었다.

아쉽지만 어쩔 수 없는 일이었다.

지현도 한창 이십 대고 집 안에만 무조건 있을 수는 없는 법이니까.

그리고 건형은 지현이 바깥으로 공연을 돌아다닌다고 해도 전혀 걱정하지 않고 있었다.

그녀가 자신을 얼마나 사랑하고 있는지 이미 잘 알고 있기 때문이었다.

그것 때문에 더욱더 지수의 마음을 받아 줄 수 없는 것이기도 했다.

"죄송합니다, 정 팀장님."

"알아요. 지현 씨 때문에 그런다는 거. 그래도 제게 한

번 정도 기회를 줄 수는 없나요?"

"이건 기회를 주고 말고의 문제가 아닙니다. 물론 사람이 살아가는 일이니 어떤 일이 일어날지 예측할 수 없고, 저와 지현이가 헤어질 수도 있겠죠. 그렇지만 지금은 아닙니다. 지금 저는 지현이에게 충실하고 싶습니다."

객관적으로 볼 때 정지수는 충분히 매력적인 여자다.

능력 있고 도도하고 자기 일에 자부심이 있다.

그 할아버지는 태원 그룹의 회장이고 태원 그룹은 국내에서 세 손가락 안에 들어가는 재벌이다.

게다가 이번 일이 잘 마무리된다면 그녀는 명실상부한 태원 그룹의 후계자로 떠오르게 될 것이다.

정인호 사장도, 정찬수 부회장도 정용후 회장의 눈밖에 이미 나 버렸으니까.

그렇기 때문에 그녀는 자신 말고도 얼마든지 좋은 남자를 만날 수 있을 터였다.

그런데 이미 여자친구가 있는 자신한테 이렇게 매달릴 필요는 없는 것이었다.

그러나 그것은 건형이 지수의 마음을 모르기 때문에 그렇게 생각하고 있는 것이고 지수는 이미 건형을 깊이 짝사랑하고 있었다.

처음에만 해도 지수가 건형한테 받은 인상은 사기꾼 같다, 라는 것이었다.

말만 번지르르한 사기꾼.

그래서 지수는 건형은 멀리했다.

할아버지가 가깝게 지내 보라고 해도 지수는 그한테 냉담하게 굴었다.

그리고 건형이 태원 그룹의 전략 기획실장으로 내정되고 그가 하나둘 태원 그룹에 쌓여 있던 온갖 문제점들을 신속하고 또 정확하게 처리하는 모습을 보면서 점점 마음을 열게 됐다.

일에 몰두하는 남자가 그렇게 매력적이라고 하더니.

친구들 사이에서도 얼음여왕으로 손꼽히던 지수의 그 차가운 마음을 단숨에 녹여 버린 것이었다.

게다가 단순한 대학생인 줄 알았더니 웬 세계 체스 대회에 나가서 우승을 해서 돌아오지 않나 그리고 얼마 전 태양일보와 가진 인터뷰에서는 전 세계에서 손꼽히는 주식 부자로, 월스트리트에서 그를 부르는 별명이 갓핸드라고 하질 않나.

점점 알아 가면 알아 갈수록 그한테 매료되는 그 무언가 양파 같은 매력이 있었다.

그래서 지수가 이렇게 바뀐 것이었다.

'만약 그때 할아버지 말대로 조금 더 적극적으로 다가 갔으면. 그러면 저 옆자리가 내 자리가 되었을지도 모르는 데……'

최근 지수가 생각하는 건 바로 이런 것들이었다.

회사 일이 시급하다는 것도 잘 알고 있지만 사랑이라는 열병이 가져다주는 매서움은 그렇게 날카롭기 이를 데 없 었다.

두 사람 모두 서로 더 이상 말을 꺼내지 못하고 서먹서먹 해져 있는 사이 잘빠진 람보르기니가 메리어트 호텔 입구 에 도착했다.

발렛파킹 직원한테 열쇠를 건네며 건형은 지수와 함께 메리어트 호텔 안으로 들어갔다.

메리어트 호텔 1층에 있는 커피숍에 한길수 기자가 이미 와 있었다.

"한길수 기자님, 반갑습니다."

"어? 박 실장님. 여기서 뵙는군요. 정 팀장님도 함께 오 셨습니까? 혹시 두 분…… 아하, 농담입니다. 박 실장님이 이지현 양하고 사귀는 건 파다하게 난 소문 아닙니까. 그래 도 두 분이서 이렇게 호텔에 같이 오는 게 파파라치한테 찍

히기라도 하면…….”

“설마 허위보도라도 할까요?”

“요새 신문 팔기에 급급하다 보니 그럴 수도 있…….”

그러자 건형이 환하게 웃으며 말했다.

“그러면 그 허위보도를 낸 신문을 제가 어떻게 할지는 말하지 않으셔도 잘 알 거라고 믿습니다.”

꿀꺽.

한길수가 침을 삼켰다.

생각해 보니 건형은 세계에서도 손꼽히는 부자다.

지난번에 한 업체에서 조사한 자료에 따르면 세계에서 손꼽히는 부자 백 명 중 일등으로 꼽혔다는 이야기도 있었다.

그게 사실인지 아닌지는 모르지만 어쨌든 그가 막대한 부를 소유하고 있는 건 사실이었다.

미국 주식 거래를 통해 벌어들인 돈만 해도 어마어마할 테니까.

“그보다 여기는 어쩐 일로 두 분이 함께 오셨습니까?”

“알버트와 체스터를 만나기로 했습니다.”

“허허, 저도 두 분을 만나 뵙기로 했는데…….”

“예. 같이 만나면 될 거 같습니다.”

한길수가 눈을 반짝반짝 빛냈다.

특종 중의 특종이 될 기삿거리가 알아서 자신에게 안긴 셈이다.

'어젯밤 돼지꿈을 꾼 것도 아닌데 이게 웬 횡재냐.'

그때 메리어트 호텔 로비는 건형의 등장으로 조금 시끌 벅적해져 있었다.

다들 건형에게 쉽게 다가오진 못했지만 은근슬쩍 스마트폰 카메라를 찰칵거리고 있었다.

최근 들어 건형이 방송 활동을 하고 있진 않지만 예전에 퀴즈쇼에서도 나왔고 퀴즈의 신에서는 메인 역할을 맡아 보기도 했기 때문이다.

게다가 신문이나 인터넷 뉴스에 워낙 자주 오르락내리락하다 보니 그의 얼굴을 아는 사람들이 워낙 많았다.

슬슬 사람들이 하나둘 모이는 낌새에 건형이 알버트에게 전화를 걸었다.

"폴슨 씨, 지금 로비에 사람이 너무 많아서 그러는데 머무르고 계신 곳에서 이야기를 나누는 건 어떻겠습니까?"

"음, 좋네. 체스터한테도 그렇게 이야기해 두지. 문제는 그 기자인데……."

"지금 제 옆에 있습니다."

"잘됐군. 그러면 같이 올라오게나."

"그리고 손님이 한 명 더 있습니다."

"손님? 그게 누군가?"

"정용후 회장님의 손녀, 정지수 제2팀장입니다."

"아, 미스 정도 왔군. 같이 오게나."

건형은 두 사람과 함께 알버트 폴슨이 머무르고 있는 이그제큐티브 스위트룸으로 향했다.

하룻밤 머무르는데 수십만 원을 호가하는 이그제큐티브 스위트룸에 도착한 세 사람은 알버트 폴슨이 나오길 기다렸다.

잠시 뒤 알버트 폴슨이 문을 열었다. 안에는 이미 체스터 브로만도 함께 와 있었다.

"알버트, 금방 뵙게 되는군요."

"태원 그룹에 일이 생겼다고 해서 급히 방한하게 됐네. 체스터도 자네하고 할 이야기가 있다고 하길래 같이 오게 됐고. 일단 안으로 들지. 기자님과 미스 정도 어서 들어오시죠."

안으로 자리를 옮긴 다섯 사람은 회의용 테이블 앞에 자리를 잡고 앉았다.

한길수가 네 사람을 쳐다보며 물었다.

"오늘 여기서 주고받은 내용을 기사화해도 됩니까?"

건형이 알버트와 체스터를 쳐다봤다.

어차피 그는 상관없는 일.

결정권자는 두 사람이었다.

알버트가 말했다.

"나는 상관없네. 그것 때문에 자네를 오라 한 것이고."

"나는 어렵겠군. 비즈니스 이야기라서. 그 대신 나중에 자네한테 특별히 독점 권리를 주지. 물론 이건 미스터 팍이 동의한다는 조건에서일세."

한길수가 미소를 지었다.

그 정도만 되어도 그한테는 최고의 조건이나 다름없었다.

그때 건형이 알버트 폴슨을 쳐다보며 물었다.

"태원 그룹 일에 어떻게 개입하실 생각이십니까?"

한길수가 바쁘게 그 대화를 받아 적는 사이 알버트가 입을 열었다.

"그것은 자네가 하기 나름이겠지."

결국 끝내 그가 강수를 두려 하는 것일까.

건형의 표정이 살짝 굳어졌다.

"그러나 그럴 경우 서로 루즈—루즈하는 길이겠지. 그래서 제안을 하나 하고 싶네. 내가 중립에 설 경우 자네도 무조건 중립에 설 것. 그것일세."

"……저는 이미 중립입니다."

"세 곳. 그 어디에도 속하지 말란 이야기일세."

한길수가 고개를 갸웃거렸다.

도대체 두 사람이 무슨 대화를 나누는 건지 이해가 가질 않았다.

그건 정지수도 마찬가지였다.

체스터 브로만만이 묘한 웃음을 지어 보이고 있을 뿐이었다.

한편 그들이 대화를 주고받는 사이 인천국제공항을 통해 묘령의 소녀가 입국했다.

그룹 플뢰르의 리더 지현이었다.

바쁜 해외 스케줄을 소화하고 이틀 정도 휴양을 즐기고 귀국해도 되는 건데 그녀 먼저 입국한 것이었다.

"아무래도 정지수, 그 여자가 수상쩍어. 요새 부쩍 오빠 입에서 그 여자 이야기가 많이 나오는 것도 그렇고."

그렇게 무섭다는 여자의 촉 때문이었다.

"매니저 오빠! 저 여기예요!"

지수가 김정호가 주차장에서 끌고 나온 밴을 타고 먼저 인천국제공항을 떠날 때였다.

비슷한 시간에 인천국제공항에 입국한 두 남자가 있었다.

백인인 그들은 서릿발 같은 눈빛으로 인천국제공항을 두리번거리다가 바깥으로 나왔다.

그때 개중 빡빡머리 사내가 물었다.

"이제 어떻게 해야 하지?"

"우선 그 여자부터 찾아야지."

"이지현?"

"그래. 주소는 확보해 뒀으니까."

"완전기억능력자라는 그 남자가 같이 있으면?"

"그때는 기다려야지."

그리고 그들 역시 택시를 타고 인천국제공항을 빠져나갔다.

아직 건형은 모르고 있는 일이었다.

*　　　*　　　*

건형은 신중한 눈빛으로 알버트를 쳐다봤다.

알버트도 같았다.

한참 끝에 알버트가 먼저 입을 열었다.

"휴, 고집이 세군."

"세상일이 어떻게 변할지 알 수 없는 일 아닙니까? 그리고 저는 태원 그룹에 크게 미련이 없습니다."

정지수가 눈을 휘둥그레 떴다.

지금 건형이 한 말을 도저히 믿을 수 없어서였다.

그것은 한길수도 마찬가지였다.

그러나 건형은 태연하게 말을 이었다.

"지금 제가 한 말은 진담입니다. 기사화하셔도 좋습니다. 저는 이번 태원 그룹 사태만 마무리된다면 태원 그룹을 퇴사할 생각입니다."

"……허허."

알버트 폴슨은 자신이 여태까지 잘못 생각했다는 것을 인정해야 했다.

그는 건형한테 태원 그룹이 정말 소중한 곳이라고 생각했었다.

그래서 그가 이렇게 불철주야 가리지 않고 태원 그룹을 돕는 것이라고 여겼다.

그러나 그가 지금 말하고 있다.

태원 그룹은 어차피 내게 아무것도 아닌 곳이다.

그러니까 태원 그룹을 갖고 나를 흔들어 봤자 아무 의미가 없다고.

'한국에서 둔다는 장기에서 이런 표현을 쓰던가. 외통수라고. 허허.'

체스로 치면 체크 메이트.

이미 알버트 폴슨에게 남아 있는 패는 없었다.

'그렇다면 그한테 가장 소중한 건 무엇일까?'

역으로 알버트 폴슨은 그런 생각을 하게 됐다.

지금 건형이 가장 소중하게 생각하는 건?

'그 여자친구인가?'

지금 당장 생각이 드는 건 그녀뿐이었다.

김정호가 운전하는 밴을 타고 인천국제공항을 빠져나와 서울로 돌아오던 지현은 스마트폰을 찾았다.

그런데 배터리가 다 닳아서 쓸 수가 없었다.

"오빠, 저 휴대폰 좀 빌려주세요."

"박 이사님한테 전화하려고?"

"네. 한국 왔다고 말해야죠! 오빠 때문에 휴양도 포기하고 들어온 건데요."

'어휴, 일편단심이야. 일편단심. 덕분에 나만 이게 무슨 난리냐.'

김정호가 눈시울을 붉혔다.

누구 한 명은 지현이를 쫓아가야 했고 졸지에 뽑힌 게 김정호였다.

다른 것도 아니고 제비뽑기로 뽑힌 것이다 보니 어쩔 도리가 없었다.

"어, 큰일 났다."

"왜요? 무슨 일 있어요?"

"나 휴대폰을 놓고 왔어. 세부에 두고 온 모양인데?"

그룹 플뢰르는 이번에 동남아시아 전역에 투어를 했다.

투어 반응은 그야말로 폭발적이었다.

한국어를 모를 텐데도 불구하고 각 지역에서 그녀들의 이름을 연호했고 앵콜을 원했다.

심지어 태국에서는 총리가 직접 그들을 반겼을 만큼 국빈 대접을 받기도 했다.

그렇게 한 달 동안 투어 일정을 마무리하고 그들이 향한 곳은 세부였다.

그런데 김정호와 지현 두 사람만 먼저 한국으로 귀국한 것이었다.

건형을 만나야겠다는 지현의 윽박지름 때문이었다.

사실상 지현은 지금 혼인신고만 안 했을 뿐 건형의 아내나 다름없었고 그 이야기인즉슨 레브 엔터테인먼트 이사님의 안주인과 마찬가지라는 것이었다.

게다가 레브 엔터테인먼트의 박건형 이사는 레브 엔터테인먼트의 지분을 49% 가지고 있을뿐더러 태원 그룹의 전략 기획실 실장이자 갓핸드이기도 했다.

당연히 정명수 사장이 누구 한 명을 제비뽑기로 가려 뽑자고 제안했고 거기에 걸린 게 김정호였다.

문제는 세부로 가는 짐에 휴대폰을 넣어 두고 찾아오질 못했다는 것이었다.

"어쩔 수 없죠 뭐. 집에 가서 전화할게요."

"그래야겠네."

"오빠는 저 내려다 주시고 집으로 들어가실 거죠?"

"그, 글쎄."

오랜만에 받은 꿀맛 같은 휴가다.

그런데 바로 집에 들어갔다가 애를 돌보고 싶진 않았다.

이럴 때만이라도 육아에서 해방되고 싶었는데.

그나마 아내가 아직 자신이 귀국한 걸 모르고 있다는 게 천만다행이었다.

만약 그것을 알았다면 바로 왜 집에 안 들어오냐고 난리가 났을 테니까.

"휴, 오빠 편한 대로 해요. 괜히 저 때문에 먼저 귀국했는데 그것까지 그랬다가는……."

"그래, 고맙다."

김정호가 환하게 미소를 지어 보였다.

그러는 사이 김정호가 운전한 밴이 집 앞에 도착했다.

차에서 내린 지현은 자신의 집이 아닌 건형의 집으로 먼저 들어갔다.

요새 회사 일로 바쁜 걸 알고 있었기 때문에 잔뜩 어지럽혀져 있지 않았을까 했는데 집은 무척 깔끔했다.

"집안 정리까지 다 하고. 진짜 부지런하다니까."

이 부분만큼은 지현도 도저히 따라올 수 없는 부분이었다.

그녀는 캐리어를 현관에 놓아둔 다음 집 전화기로 건형에게 전화를 걸었다.

뚜우뚜우—

신호음이 울리기 시작했다.

그때 지현과 비슷한 시간에 인천국제공항에 도착한 두

사람도 택시를 타고 지현의 집 앞에 도착한 상태였다.

그들은 택시비를 계산한 뒤 슬쩍 주변을 살폈다.

주변은 조용했다.

원래 이 근처가 대단히 조용한 주택가로 지금 이 시간대면 더욱더 조용할 시간이기도 했다.

"여기가 맞지?"

"응. 들어가자."

두 사람은 살며시 현관을 넘어서 지현이 살고 있는 집 마당으로 들어섰다.

그러고 나서 그들 중 한 명이 현관문에 다가가더니 조심스럽게 문고리를 잡았다.

치지지직—

마치 불꽃이 이는 소리가 나더니 금세 문고리가 벌겋게 달아올랐다.

그리고서는 서서히 문에 균열이 일어나기 시작했다.

뜨거운 온도를 견디지 못한 문이 살짝 허물어졌고 두 사람은 소리 없이 집 안에 침투했다.

"네가 2층을 뒤져 봐. 내가 1층을 확인해 볼게."

"알았어."

그렇지만 허탕이었다.

1층에도 2층에도 지현은 없었다.

"어떻게 할까?"

"글쎄. 여기서 기다리는 것하고 아니면 옆집으로 가 보는 것하고 두 가지 방법이 있어."

"옆집이면 그 남자가 사는 곳 맞지?"

"응."

"한번 가 보자. 만약 있다면 바로 도주하는 것으로 하고."

"그러자고."

그리고 그들은 지현 집을 나와서 건형이 살고 있는 집으로 향했다.

그러는 동안 지현이 건 신호가 건형에게 걸렸다.

건형은 집 전화번호가 액정에 뜨자 의문스러운 표정으로 전화를 받았다.

"여보세요?"

[짜잔!]

"어? 너 왜 거기 있어? 동남아시아 투어 끝나고 세부에서 휴양하기로 한 거 아니었어?"

지수의 표정이 굳어졌다.

이야기를 들어 보니 지현이 틀림없었다.

한편 알버트 폴슨은 어떻게 건형을 구워삶아야 할지 고민 중이었다.

[오빠 보고 싶어서 일찍 들어간다고 했지. 그래서 지금 오빠 집에 와 있는데 아무도 없네. 오늘도 일 많이 있는 거야?]

"글쎄."

잠깐 시간을 살펴본 건형이 말을 이었다.

"아마 한 시간 정도면 돌아갈 수 있을 거야. 배고프지 않아?"

[배고프긴 한…… 어? 잠깐만. 밖에 발소리가 들려.]

"밖에? 어디에서?"

[우리 집 쪽에서 이쪽으로 걸어오고 있는데?]

슬며시 커튼을 살짝 걷어서 바깥을 내다본 지현은 바로 고개를 숙였다.

백인 남성 두 명이 건형의 집으로 다가오는 모습이 선명하게 들어오고 있었다.

두 사람이 지금 걸어오고 있는 쪽은 정문 반대편, 그러니까 후문이었다.

[오빠, 모르는 남자 두 명이 여기로 오고 있어.]

지현의 목소리가 파르르 떨렸다.

"자세히 이야기해 봐. 얼굴은 봤어?"

[응. 두, 둘 다 백인이고 나이는 이십 대 초중반이야. 지금 문을 열려고 하고 있는데…… 무, 문고리가 빨갛게 달아올랐어.]

건형이 입술을 깨물었다.

아무래도 분위기가 심상치 않았다.

"지금 지하실로 내려가 있어. 그리고 너네 집으로 피하고. 숨을 곳을 찾아. 바로 갈 테니까."

[빠, 빨리 와. 꺄아아악.]

비명 소리가 울려 퍼졌다.

치이익—

소리가 미약하게 끊기기 시작했다.

"빨리 잡아!"

"지하실로 내려가."

쿵쾅쿵쾅

세찬 발걸음 소리가 울려 퍼지고 있었다.

건형은 청각에 감각을 집중시켰다.

지현의 울음소리.

남자들이 그녀를 뒤쫓고 있는 소리.

그리고 철문을 열고 황급히 도망치는 소리.

모든 소리가 복잡하게 꼬여서 들리고 있었다.

"저는 먼저 가 봐야겠습니다."

심각한 표정으로 전화를 받던 건형이 황급히 자리를 뜨자 알버트 폴슨과 체스터 브로만이 고개를 갸웃하며 물었다.

"무슨 급한 일이라도 있는 건가?"

"예. 정 팀장님, 미안하지만 먼저 가 봐야겠습니다."

건형은 그 말을 끝으로 방을 빠져나갔다.

"무슨 일이 있는 모양인데?"

"아까 통화 중이던 상대가 여자친구 아니었나? 여자친구와 관련이 있는 일인 모양이군."

"차세대 에너지 관련해서 이야기를 나눴어야 하는데……."

두 사람이 이런저런 대화를 나누는 사이 건형은 맡겨 뒀던 람보르기니를 받자마자 바로 시동을 걸었다.

그때 지수가 조수석에 재빠르게 올라탔다.

"뭐하는 겁니까?"

"저도 같이 가요."

"네?"

내리라고 해야 했다.

그러나 지금은 그 시간마저 부족했다.

아직 꺼지지 않은 수화기를 통해 미약하게 들리는 소리는 급박하기 이를 데 없었다.

한시라도 빨리 집으로 돌아가야 했다.

지현이 위험했다.

건형은 액셀 페달을 밟았다.

부르르릉—

순식간에 가속도가 붙은 람보르기니가 서울 시내로 진입하려 했다.

그러나 퇴근 시간에 맞물려서 자동차로 눈코 뜰 새 없을 정도로 붐비고 있었다.

'이 정도면 차라리 뛰어가는 게 더 빠르겠어.'

건형은 생각을 고쳤다.

진즉에 이랬어야 하는데 지현 걱정 때문에 지금 사고가 제대로 돌아가지 않고 있었다.

'침착해야 돼. 침착하자.'

그는 황급히 메리어트 호텔에 다시 차를 맡긴 다음 지수를 바라봤다.

"저는 여기서 집까지 뛰어갈 겁니다."

"네? 실장님 집은……."

건형의 집은 강북에 있다.

여기에서 거기까지 뛰어가겠다고?

지수가 말도 안 된다고 이야기하려 할 때였다.

건형이 다급한 어조로 말했다.

"그럼 나중에 이야기하죠. 이만 가 볼게요."

그리고 건형은 순식간에 빛이 되어 사라졌다.

지수는 멍하니 그 뒷모습을 바라볼 뿐이었다.

'도대체 저 남자는 뭐지?'

〈다음 권에 계속〉